삼국지

디비기닝

담덕사랑 장편소설

FUSION FANTASTIC STORY

삼국지 더 비기닝 5

담덕사랑 장편소설

초판 1쇄 찍은 날 § 2017년 7월 4일
초판 1쇄 펴낸 날 § 2017년 7월 11일

지은이 § 담덕사랑
펴낸이 § 서경석

편집책임 § 김경민
편집 § 이종식

펴낸곳 § 도서출판 청어람
등록번호 § 제387-1999-000006호
등록일자 § 1999. 5. 31
어람번호 § 제1-2726호

주소 § 경기도 부천시 부일로 483번길 40 서경B/D 3F (우) 14640
전화 § 032-656-4452 팩스 § 032-656-4453
http://www.chungeoram.com
E-mail § chungeorambook@daum.net

ⓒ 담덕사랑, 2017

ISBN 979-11-04-91387-7 04810
ISBN 979-11-04-91263-4 (세트)

담덕사랑 장편소설

FUSION FANTASTIC STORY

三國志

⑤

삼국지

디비닝

도서출판
청어람

삼국지

디비기닝

목차

제1장   전운(戰雲)   7

제2장   부여가(扶餘家)의 사람들上   33

제3장   부여가(扶餘家)의 사람들下   61

제4장   폭풍전야(暴風前夜)   87

제5장   천년제국(千年帝國)의 초석을 놓다   111

제6장   진수현의 삼고지례(三顧之禮)   149

제7장   구호탄랑지계(驅虎吞狼之計)   183

제8장   귀로(歸路)   223

제9장   주위상(走爲上: 도망치는 것도 병법의 일부다)   247

제10장   동상이몽(同床異夢)   273

제1장
전운(戰雲)

　원래의 역사대로라면 주창은 황건적의 생활을 청산하고 관우의 충복이 된다.

　황건적의 총두령 관해는 태사자의 구원 요청을 받은 유비의 동생 관우에게 죽임을 당했다.

　이때 조조는 청주 지역의 황건적을 토벌하는 과정에서 그들을 받아들였고, 후일 그들 황건적들은 조조의 청주병이 되어 활약하게 된다.

　주창은 공도와 함께 흩어졌던 황건적들을 규합하여 산적이 되었고 그러던 중에 관우를 만나게 되어 그의 부하가 되었다.

하지만 죽었어야 하는 관해가 살아 있었고, 의리가 있는 주창이라 앞으로 관우를 만나게 되어도 그를 따르지 않을 공산이 컸다.

그들은 객실에서 심각하게 계획을 의논했다.

모두 내일의 계획을 의논하다가 지난날 함께하였던 동료들에 관한 이야기가 흘러나왔다.

"조조, 그놈이 수하들을 모조리 흡수하였다고?"

"그렇습니다. 그리고 변희 그놈도 조조의 수하가 되었지요."

공도에게서 그런 얘기를 듣게 되자, 관해의 표정이 굳어졌다.

관해는 마치 조조가 자신의 것을 빼앗은 듯한 더러운 기분이었다. 하지만 두 사람 앞에서 차마 그런 심정을 밝힐 수가 없었다.

"그런데 자네들은 왜 조조에게 의탁하지 않았는가?"

"변희 그놈이 그러는데 조조를 아는 자가 관리로 있다고 하더군요. 그자의 도움을 받는다면 조조 밑에서 한자리할 수 있다고 하였습니다. 하지만 저희 둘은 변희처럼 비빌 언덕이 있어야지요."

"그래서 비밀 창고에 숨겨두었던 재물을 가지고 여기로 오게 되었지요. 그 후에 공도 저 친구는 객잔을 운영하였고, 저는 소금 장수를 하게 되었습니다."

관해는 문뜩 누군가의 안부가 궁금하여 물었다.

"혹여 배원소의 근황은 아는 것이 있느냐?"

"그, 그게……."

관해는 자신의 물음에 답을 못하고 주저하는 둘을 보고는 무언가 배원소에게 일이 생겼다는 것을 직감했다.

"실은 배원소 그자가 병에 걸렸습니다. 그래서 어쩔 수 없이 저희만 오게 되었습니다."

관해는 공도의 그런 말에 안타까운 생각이 들었다.

그러나 아무리 자신이 아쉬워한들 병자를 어찌해 볼 수는 없다 싶었고, 그 때문에 관해는 두 사람을 자신이 거두고 싶었다.

하지만 마음에 걸리는 것이 있어 선뜻 그런 뜻을 내비치지 못하는 관해였다. 한때 두 사람이 자신의 수하였다지만, 황건적 출신이라는 것이 마음에 걸렸다.

"총두령님, 혹여 동생 소식은 들으셨는지요?"

"관 장군에게 동생이 있었는가?"

지금까지 묵묵히 듣고만 있었던 화타가 놀란 표정으로 물었다.

"이름이 황소라고 하는데, 의동생이지요."

"죽었다는 소문은 들었다."

관해가 덤덤하게 말은 하였지만, 공도와 주창은 자신들의 잘못이 없음에도 괜스레 미안해졌다.

황소가 조조와 전투를 벌일 때였다.

그를 보좌하였던 하의, 하만 형제가 배신하여 황소를 죽여 버렸다. 그리고 그의 머리를 가지고 가서 조조에게 투항을 하였다.

그러니 관해의 입장에서는 의동생 황소의 죽음과 연관이 있는 조조를 결코 용서할 수가 없었다. 지금이야 어찌해 보지 못하는 처지였지만 언젠가 조조를 자신의 손으로 죽일 것이라고 다짐하는 그였다.

밤이 깊어져 가자 공도가 자리에서 일어나며 말했다.

"총두령님, 내일 일찍 출발하시려면 잠깐만이라도 주무시지요."

"이보게, 거기 두 사람."

갑작스러운 화타의 부름에 공도와 주창이 그를 바라보았다.

관해는 화타가 왜 저 둘을 불렀는지 궁금하여 물었다.

"둘에게 하실 말씀이라도 있으신지요?"

"관해 장군이 한때 황건적의 총두령이었다는 것은 나도 아는 사실이네. 하나, 지금은 그러지가 않지. 그런데 언제까지 관 장군을 총두령으로 칭할 것인가. 자네들이 모르는가 본데 관 장군은 흠차관 각하를 보좌하는 판서이자 장군이 되었다네."

"사, 사실입니까?"

주창이 놀라서 그처럼 물으며 관해를 바라보았다.

공도는 관해가 흠차관 휘하에서 장군이 되었다는 것을 들었기에 그저 말없이 지켜만 보았다.

"총두령님, 사실입니까?"

"그래, 선생님의 말씀대로다. 이렇게 말이 나온 김에 너희들도 흠차관 각하를 따르지 않겠느냐?"

"그게 가능하겠습니까?"

공도가 그처럼 물었고, 주창은 아무런 말이 없었지만 내심 기대하며 관해의 입만 바라보았다.

공도와 주창이 지금이야 어엿한 객잔의 주인과 염상이 되었다지만, 언제나 몸에 맞지 않는 옷을 입은 기분이었다. 그러기에 두 사람은 가끔씩 지나온 날들을 회상할 때가 있었다.

그런 두 사람에게 관해의 제안은 마치 가뭄 끝에 내리는 단비와도 같은 것이었다.

"너희들이 좋다면 그리할 수 있다. 흠차관 각하시라면 얼마든지 너희를 받아주실 것이다. 그분을 따를 의향이 있느냐?"

"예! 저는 그분을 따를 것입니다!"

주창이 그처럼 말하면서 옆에 있는 공도를 바라보았다.

"저도 흠차관 각하를 따르고 싶습니다. 하나, 벌려둔 일들이 있어 당장은 곤란할 것 같습니다."

그런 말에 살며시 고개를 끄덕거리는 관해였다.

"그럼 공도 자네는 주변을 정리하는 것으로 하고, 주창은 이대로 나를 따라나서도 지장이 없는 것이냐?"

"상관없습니다. 어차피 제가 하는 일이라는 것이 북해에서 소금을 구입해 내륙에 파는 것입니다. 그러니 전혀 지장이 없습니다."

"그럼 자네는 내일 나와 함께 북해로 가는 것으로 하지. 공도 자네는 이곳을 정리한 후에 요동으로 오게."

"예, 최대한 빨리 정리하고 합류하겠습니다."

그렇게 결정이 나자 화타는 불현듯 걱정이 되는 것이 떠올랐다.

그는 만약에 자신이 우려하는 것을 해결하지 못한다면 북해로 가는 것은 요원한 일이라고 생각하며 말했다.

"내일 배를 이용한다면 포구의 검문은 어떻게 할 것인가?"

"그것은 걱정하지 않으셔도 됩니다. 오늘 밤에 포구를 경비하는 당직 사령이 평소 저와 안면이 있는 자입니다. 그래서 우리가 출발할 때쯤에 병사들을 이곳으로 데려올 것입니다. 그때 배를 띄우면 됩니다."

"허, 그런 것도 준비했어?"

"그럼, 이게 어디 보통 일이냐."

주창과 공도는 마치 대수롭지 않은 일인 것처럼 장난스럽게 말했다.

　화타는 그런 두 사람을 보면서 그제야 불안했던 마음이 진정되었다.

　다음 날, 동틀 무렵에 공도가 말하였던 그 당직 사령이 병사들을 이끌고 객잔을 방문하였다.

　공도는 당직 사령과 병사들에게 거하게 술을 대접하였다.

　그 틈을 이용하여 관해와 화타, 주창은 무사히 배를 이용하여 바다로 나아갔다.

＊　　　　＊　　　　＊

　한편, 천도재가 끝난 다음 날.

　유주목 공손도는 계로 돌아오자 곧바로 관청으로 들어섰다.

　조당에서 대기하던 계의 관리들은 공손도가 나타나자 다들 긴장이 되었다. 무슨 이유 때문인지는 모르지만 공손도의 표정이 잔뜩 굳어 있었기 때문이었다.

　성큼성큼 걸어가 자신의 자리에 앉자마자 입을 여는 공손도였다.

"모두들 알고 있겠지만 장인어른의 장례식에 참석하기 위해 본관의 여식이 이곳에 와 있다."

공손도는 그렇게 말하면서 관리들을 빠르게 훑어보았다.

모두들 자신이 무슨 말을 할지가 궁금하여 빤히 바라보고 있는 모습이었다.

"요동에서 내 딸을 호위하고 왔던 관해란 자가 죄를 짓고 도 망쳤다. 이를 어떻게 처리할지를 논하라."

공손도의 그런 말은 청천벽력과도 같았다.

조당에 참석한 관리들은 이게 무슨 소린가 싶어 서로의 얼 굴을 바라보았다.

다들 도무지 영문을 모르겠다는 표정으로 각자의 생각을 떠들어대자 조당 안은 순식간에 도떼기시장으로 변해 버렸다.

웅성거리는 관리들을 바라보던 공손도는 짜증이 일어났다.

사위 수현의 아들을 인질로 삼는 것은 그동안 비밀스럽게 진행하였다.

자신의 장남 강의 후계와 연관이 있는 워낙에 민감한 사안 이라 그처럼 은밀하게 진행하였다.

그러다 보니 관리들 중에 이런 사실을 알고 있는 자들이 없 었고, 그 때문에 관리들은 상황 파악조차 제대로 되어 있지 않은 상태였다.

"그자의 죄상이 무엇인지요?"

공손도의 장인이자 황숙 유우의 오랜 심복이었던 전주가 그처럼 물어왔다.

하지만 공손도는 사실대로 말할 수가 없었다.

화타도 관해와 같은 죄목으로 취급을 하고는 싶었다. 하지만 화타의 인망이 너무나 커서 그럴 수가 없었다.

그러니 관리들에게 어떻게 자신의 계획을 밝힐 수가 있겠는가. 그러다 보니 공손도의 입에서는 자연스럽게 거짓말이 흘러나왔다.

"그자는 요동에서 보낸 간자였다. 그것이 발각되자 함께 왔던 병사들을 버려두고 도망쳤다!"

공손도의 말에 또다시 사람들은 웅성거렸다.

그러자 이번에는 염유가 입을 여는데, 그 역시도 죽은 황숙 유우의 오랜 심복이었다.

"요동에서 첩자를 보냈다는 것입니까? 아마도 무언가 오해가 있었나 봅니다. 좀 더 자세히 알아보시면 오해가 풀릴 것이라고 봅니다."

쾅!

쾅!

갑자기 서탁을 내려치는 공손도였다. 그 때문에 조당은 일순간에 고요해졌다.

지금 공손도의 심기는 매우 불편하였다.

전주와 염유는 황숙의 심복이었다. 그러다 보니 두 사람은 수현을 적극적으로 지지하는 인물들이었다.

그런 와중에 염유가 자신의 말에 정면으로 반박하는 의견을 내놓자 화가 치밀어 서탁을 강하게 내려친 공손도였다.

"독우(군에 속한 현을 관리, 감독하는 직책)는 지금 본관의 말을 의심하는 것인가!"

"아, 아닙니다!"

"모두 들으라! 요동에서 첩자를 보냈다는 것이 무슨 뜻인지는 다들 알 것이다! 이에 본관은 요동 정벌을 천명하는 바이다!"

공손도가 말하는 것은 누가 보아도 억지 주장이 명백하였다.

요동을 통치하는 흠차관이 죽은 황숙의 손녀사위이자, 유주목 공손도의 사위라는 것을 모르는 사람들은 없었다.

그런데 자다가 잠꼬대를 하는 것도 아니고, 갑자기 요동 정벌을 천명해 버리는 공손도였다.

그제야 몇몇 관리들은 공손도의 속셈을 간파하게 되었다.

공손도의 속셈을 간파한 전주가 자리에서 벌떡 일어나 소리쳤다.

"불가합니다!"

"자태(전주의 자)! 지금 뭐라 하였느냐!"

"요동을 정벌하는 것은 불가하다고 하였습니다!"

공손도를 똑바로 바라보면서 그처럼 말하는 전주였다.

원래의 역사대로라면 전주는 황숙 유우가 공손찬에게 죽임을 당하자 제사를 지내고, 통곡을 하였다.

공손찬이 그를 붙잡아 감옥에 가두었지만, 유우를 그리워하는 전주의 충정은 사그라지지가 않았다. 그만큼 전주는 강직하고 충정이 있는 인물이었다.

비록 유우가 공손찬에게 죽지는 않았지만, 그 원인이 공손찬에게 있었다고 여기는 전주였다.

그러기에 선주(先主: 죽은 황숙 유우)의 원한을 풀어주기 위해서라도 요동의 흠차관과 협력해야 한다고 생각을 해오던 인물이었다.

그런데 갑자기 요동과 전쟁을 하겠다고 말하고 있으니, 당연히 반대하고 나서는 그였다.

공손도는 전주가 관리들의 대표 격인지라 애써 참으며 물었다.

"자태는 왜 요동 정벌이 불가하다고 말하는 것인가?"

"요동 정벌이 불가한 이유는 두 가지가 있습니다. 첫째는 그동안 요동의 통치는 흠차관이 맡아서 해왔습니다. 모두가 아시겠지만 흠차관은 선주께서 직접 임명하셨습니다. 만약 아무런 잘못이 없는 요동의 흠차관을 정벌한다면 이는 선주를 무시하는 처사입니다."

전주의 그런 말에 조당에 있던 관리 몇몇이 고개를 끄덕거렸다.

그런 모습에 공손도는 서탁 밑에서 주먹을 쥐고는 잔뜩 힘을 주며 노려보았다.

공손도의 살벌한 눈빛을 보았지만, 전주는 여전히 자신이 하고픈 주장을 이어갔다.

"요동 정벌이 불가한 두 번째 이유는 흠차관을 부정한다는 것은 곧 황숙을 부정하는 것과 같기 때문입니다. 황숙을 부정하는 것은 곧 역적 동탁이 옹립한 지금의 천자를 인정하겠다는 것입니다. 이는 결코 올바른 결정이 아닙니다!"

"뭐라! 네놈은 지금 내가 동탁과 같다고 말하는 것이더냐!"

공손도가 전주의 그런 말을 듣자 대로하여 자리에서 벌떡 일어났다.

그는 전주에게 삿대질을 하면서 씩씩거렸다.

북풍한설(北風寒雪) 같은 분위기가 조당을 장악하였고, 관리들은 두려움에 사로잡힌 채로 공손도를 지켜봐야만 하였다.

유주의 황숙 유우가 죽고 없는 지금, 유주목 공손도의 위세는 가히 일국의 왕이라 하여도 무방할 정도로 대단하였다. 그의 말 한마디면 이루어지지 않는 일이 없을 정도로 무소불

위(無所不爲)의 대단한 권세를 누렸다.

그 때문에 사람들은 그런 공손도를 두려워하였고, 가까이 하지 않으려 하였다.

하지만 전주는 여타의 사람들과는 확연하게 달랐다. 공손도의 대단한 위세 앞에서도 굴하지 않고 당당하였다.

지금도 꼿꼿이 허리를 세운 채로 유주목을 똑바로 응시하였다.

그러자 그런 전주의 모습에 더욱 화가 치밀어 오르는 공손도였다.

'저놈이!'

전주의 당당한 모습을 보고 있자니, 공손도는 마치 자신을 무시하는 것만 같았다.

하지만 아무리 화가 난다고 하여도 전주는 장인이 임종할 때 배석했었다.

장인이 세상을 떠나면서 자신과 전주에게 유주를 부탁한다는 유언을 남겼다. 그만큼 죽은 장인은 물론이고, 관리들도 그를 믿고 따르는 이들이 태반이었다. 그러기에 아무리 화가 치밀어도 함부로 할 수 없는 자가 바로 전주였다.

공손도는 많은 이들이 지켜보고 있는 조당에서 추태를 보일 정도로 어리석은 위인은 아니었다.

"요동 정벌은 내일 다시 논하겠다! 이만 조회를 파한다!"

그렇게 선포를 하더니 관리들의 인사조차 제대로 받지 않고 조당을 나가 버리는 공손도였다.

*   *   *

한편, 그 무렵 계(?)의 대로를 따라 움직이고 있는 한 대의 마차가 보였다.

천도재를 마치고 관저로 돌아가고 있는 유주목 공손도의 마차였다.

그런데 현재 그의 위세를 여실히 보여주는 듯 마차는 화려하게 치장이 되어 있었다. 또한 말 탄 병사들이 마차를 엄중히 호위하면서 움직이고 있었다.

덜컹!

덜컹!

평석이 깔려 있는 유주의 주도 계였지만, 황건적의 난이 터지고 대규모 피난민들이 유입된 후로는 제대로 보수가 이루어지지 않았다. 그 때문에 도로 사정은 열악했지만, 마차 안의 화려함은 황제가 부럽지 않을 정도였다.

그 마차 안에서 심각하게 얘기를 나누고 있는 공손도의 부인 유씨와 공손란이 보였다.

모녀는 화려하게 치장이 되어 있는 마차 안의 침상에서 이야기를 나누고 있는 중이다.

얼핏 보면 마차 안에 있는 침상이 무슨 화려함의 극치인가 싶겠지만, 이는 공손도가 중국을 최초로 통일하였던 진(秦)나라 시황제의 마차를 본떠서 만든 것이었다.

진시황제의 마차를 온량거라 하였는데, 여기서 '온량'은 편안히 눕는다는 뜻이다. 또한 일설에 온량거는 온도 조절 기능까지 갖추고 있었다고 전해진다. 그만큼 진시황제의 마차는 화려함의 극치였다.

그런데 유주목 공손도는 후한 시대의 정세가 극도로 혼란한 틈을 이용해 이처럼 분수도 모르는 짓을 서슴없이 하였다.

그것이 가능하였던 것은 그의 성정 때문일 것이다.

본래의 역사대로라면 공손도는 요동에서 독자적인 세력을 구축했다.

그런 후 그의 아들과 손자가 대를 이어 요동을 통치하다가 238년 사마의가 요동을 토벌함으로서 사라지게 되었다.

그만큼 공손도는 야심이 대단한 인물이었다.

그리고 그런 야심을 그의 아내 유씨가 모를 리가 없었다.

지금 유 부인은 마차 안에 있는 자신의 딸에게 심경을 토로(마음에 있는 것을 드러내어 말함)하고 있었다.

"아무래도 네 아버님이 단단히 작정을 한 듯싶구나."

공손란은 아들 진서하를 품에 안고 있다가 모친의 말에 점점 불안한 표정으로 변해갔다.

그러지 않아도 자식 사랑이 애틋한 공손란이었다. 그런데 부친 때문에 요동으로 돌아가지 못하는 처지가 되자 더욱더 아들에 대한 애정이 각별해졌다.

유 부인은 그런 딸이 못마땅하여 퉁명스럽게 내뱉었다.

"쯧쯧, 유모에게 맡기라 하여도 도통 말을 듣지 않는구나."

"괜찮습니다."

딸 공손란을 잠시 동안 물끄러미 바라보던 유 부인이 조심스럽게 말했다.

"너는 어찌할 참이더냐?"

"예?"

공손란은 모친의 말에 이상함을 느껴 바라보았다.

"오늘 네 아버님이 먼저 길을 떠나신 것은……."

모친이 말을 하다가 흐지부지해 버리자 불안해지는 공손란이었다.

유 부인은 딸의 그런 모습을 보자 차마 입이 떨어지지가 않았다.

몇 번이나 망설인 끝에 마침내 남편 공손도와 얘기하였던 것을 전해주는 그녀였다.

"오늘 조당에서 네 아버님이 요동을 정벌하실 거라고 밝힐 것이다."

"예? 요동 정벌이라니요!"

공손란이 얼마나 놀랐는지 소리를 질렀고, 그녀의 품에 안겨 있었던 아들 진서가 울음을 터뜨렸다.

다행히도 공손란이 달래자 이내 잠에 드는 진서하였다.

공손란은 아들이 자는 모습을 지켜보다 낮은 소리로 되물었다.

"요동 정벌이라니요? 대체 그게 무슨 말씀이세요?"

"말 그대로다. 네 아버님이 요동과 전쟁을 하시겠다는구나."

"어머니! 그곳을 통치하는 사람이 누군지 정녕 몰라서 그러세요?"

"사위라는 것을 내가 왜 모를까. 하지만 전쟁이 아니어도 얼마든지 해결할 방법이 있었다."

"설마 제 아들을 인질로 삼겠다는 것인가요?"

공손란은 자신의 물음에 답은 안 하고 침묵으로 일관하는 모친을 보자 사실이라는 것을 깨닫게 되었다. 그런 생각이 들자 공손란은 너무나도 서러운 감정이 북받쳐 올라 눈물이 볼을 타고 주르르 흘러내렸다.

"사위도 자식입니다! 더구나 상공은 혈혈단신이세요! 아버님과 어머니를 친부모처럼 여겨왔던 상공이세요! 대체 그분이 무슨 잘못을 했다고 그러세요!"

공손란은 감정에 북받쳐 마치 한여름의 소나기처럼 퍼부어

댔다.

유 부인은 딸의 심정은 알지만, 어쩔 수 없었다고 생각하며
말했다.

"네 심정을 모르는 바는 아니었다. 하나, 강이를 생각했다
면 그리 말해서는 아니 되었다."

"강이라니요? 설마 이 모든 것이 강이를 위한 것이었나요?"

"네 동생이 성년이 되었다. 그럼 당연히 네 아버님의 뒤를
이어받아야 한다. 나 또한 네 아버님의 뜻에 따르기로 하였
다."

"아무리 그래도 그렇지 이건 아니잖아요!"

"좋게 생각하려무나. 네 말대로 사위도 자식이지만 어디 친
자식만 하더냐? 네 아버님의 뒤를 이어가야 하는 장남이 버젓
이 살아 있는데 어떻게 요동을 사위에게 물려주겠느냐. 그러
니 너도 받아들이거라."

너무나도 모질고, 냉정하게 말하는 모친이었다.

공손란은 창가로 고개를 돌려 모친을 외면하면서 그저 말
없이 눈물만 뚝뚝 흘렸다.

부모님을 따르자니 남편 수현에게 몹쓸 짓을 했다는 생각
에 괴로웠다. 반면에 남편을 따르자니 부모님께 불효를 하는
것만 같았다.

*　　　*　　　*

그날 저녁.

유주목 공소도와 그의 아내 유씨는 침상에 기대어 속삭이듯이 얘기를 나누고 있었다.

공손도는 침상 옆에 마련되어 있는 물그릇을 집어 들어 벌컥벌컥 마셨다. 그러고는 아내를 바라보며 물었다.

"그래서 란이가 무어라 하더이까?"

"그 아이라고 별수 있겠습니까?"

"언젠가는 내 마음을 알아주겠지."

"다시 말하는 것이지만 지난번에 약조하신 것은 반드시 지켜주서야 합니다."

"물론이오. 내가 어디 사위가 미워서 이러겠소. 사위는 털끝 하나 다치지 않게 하겠으니 걱정하지 마시오."

"저도 란이에게 그처럼 일러두었습니다. 그보다 조회는 어찌 되었는지요?"

"에잇……."

아내의 물음에 공손도는 오늘 조회에서 있었던 일이 떠올라 짜증이 치솟았다.

그러면서 조당에서 있었던 일을 자세히 말하며 대책을 물었다.

"어찌하면 좋겠소? 혹여 좋은 방안이라도 있으시오?"

"자태(전주의 자)는 선친께서 믿었던 몇 안 되는 측근이었으니 그럴 것입니다. 이 일을 어찌하나……."

그런 아내를 잠시 지켜보던 공손도는 이내 포기를 했는지 말없이 잠자리에 드러누웠다.

하루 온종일 극도로 신경 쓴 탓인지 피곤하여 눕자마자 잠들어 버렸다.

＊　　　＊　　　＊

다음 날 아침.

공손도는 잠에서 깨어보니 아내가 여전히 침상에서 고민하는 모습이라 놀라고 말았다.

"그렇게 밤새 있었던 것이오?"

"조금 전에 좋은 생각이 떠올랐습니다."

그러자 몸을 일으켜 세우며 말하는 공손도였다.

"말해보시오."

"그러니까 오늘 조당에서……."

공손도는 아내가 일러주는 계책을 유심히 듣다가 간간히 고개를 끄덕거렸다.

그렇게 모종의 계획을 세우더니, 조반을 마치고 평소보다 일찍 조당으로 향했다.

공손도는 아직 관리들이 등청하기 전이라 조당에서 홀로 고민에 잠겨 있었다.

시간이 지나고, 관리들이 하나둘씩 조당으로 들어왔다가 그를 보고는 화들짝 놀랐다.

마침내 어제 자신에게 면박을 주었던 전주가 마지막으로 들어왔다.

그러자 마치 기다렸다는 듯이 아내 유씨가 일러준 계책대로 행하는 공손도였다.

"이 시각부로 전주의 직위를 해지한다! 전주를 대련현령으로 임명할 것이다. 즉시 대련으로 떠나라!"

공손도의 그런 말에 조당에 있던 관리들이 놀라고 말았다.

어린아이가 보아도 이것은 어제 일에 대한 앙갚음이 분명하였다.

대련은 행정구역상으로는 요동에 속하였지만, 관리들이 기피하는 오지인 곳이라 유배지나 다름이 없었다.

바로 몇 년 전에 황숙 유우가 현령으로 공손기를 부임시킨 곳이었다.

그러나 관리들은 공손기를 현령으로 임명한 것이 수현이 주도하였다는 것은 모르고 있는 상황이었다.

공손도는 수현을 만난 지 얼마 되지 않아 그런 일이 있었다는 것을 알고 있었다. 당시에는 장인의 안위가 염려되어 공손기를 대련의 현령으로 임명하였다.

하지만 이제 장인은 죽고 없었다.

그러니 자신의 앞길을 가로막는 전주보다는 차라리 공손기가 낫다는 아내의 계책대로 그런 결정을 내려 버렸다.

"자태는 임지로 가는 배편을 이용하지 말고, 반드시 육로를 통해 대련으로 가도록 하라! 그리고 이번에 요동에서 왔던 병사들은 모조리 참하라!"

"그것은……."

"누가 또다시 본관의 지시에 반대하는 것인가! 앞으로 나서라! 내 그자를 본보기로 삼을 것이다!"

눈에서 불똥이 떨어질 정도로 서슬 퍼런 공손도였다.

그 때문에 관리들은 아무런 말도 못 하고 자리만 지켜야 했다.

하지만 공손도는 미처 몰랐다.

전주에게 육로를 이용해서 임지로 가라는 것도, 병사들을 죽이라는 계책도 내놓지 않았던 그의 아내였다.

그런데 공손도는 또다시 공포 분위기를 조장하여 관리들을 장악하려고 하였다. 단순하게 생각한 그 일이, 훗날 사위 수현과 회복할 수 없는 지경으로 만드는 원인이 될 것이란 것을 이때는 몰랐었다.

더구나 오늘의 결정은 비록 관리들이 공손도의 고압적인 태도에 굴복은 하였지만, 심적으로 그를 따르지 않게 되는 결정적인 계기가 되었다.

또한 전주를 대련의 현령으로 임명한 것으로도 모자라, 임지로 가는 배편을 이용하지 말라고 하는 것에도 불만이 많은 그들이었다.

배편을 이용한다면, 바다만 건너면 대련에 도착했다. 하지만 육로를 선택한다면 요동을 지나야만 했다. 그만큼 길이 멀고 험했기에 결코 쉬운 여정이 아니었다.

말 그대로 전주에게 육로를 통해 임지인 대련으로 가는 동안 고생을 하라는 뜻이었다.

이때의 지시로 요동에서 왔던 삼백의 병사들은 강가로 끌려 나와 모조리 죽임을 당하고 말았다.

그런 처참한 광경을 많은 이들이 지켜보았고, 소문은 빠르게 퍼져 나갔다.

제2장
부여가(扶餘家)의 사람들 上

머칠 후.

흠차관 진수현의 근거지 요동.

그곳의 사람들은 서서히 전운이 다가오는 줄도 모른 채 오늘도 변함없이 활기찬 하루를 보냈다.

혼란스러운 대륙의 사정과는 달리, 요동은 수현의 굳건한 통치 아래 하루가 다르게 발전하는 중이었다.

휘이잉!

휘잉!

겨울이 일찍 찾아오는 북방의 요동이었고, 서리가 내린다는 상강(霜降)이 지난 지도 며칠이나 되었다.

그 때문에 항구 일대는 울긋불긋한 단풍이 절정을 이루고 있었다.

휘잉!

거세게 휘몰아치는 삭풍을 뚫고 요동의 항구에 도착한 배에서 화타가 내렸다. 그리고 그의 뒤에는 공조판서와 편장군을 겸하고 있는 관해가 보였다.

"이야! 말로만 들었던 것보다도 대단합니다."

관해를 따라 배에서 내리면서 그처럼 말하는 주창이었다.

주창은 그동안 북해를 오가면서 소금 장수를 하였다.

1년이 넘는 기간 동안이나 염상을 했지만 실제로 요동에 와 보기는 이번이 처음이었다.

그러다 보니 유등을 환하게 밝히고 있는 선착장의 야경에 매료되고 말았다.

화타는 군선(軍船)을 이용해 무사히 요동에 도착하자 작별을 고했다.

"관 장군, 나는 이만 가야겠네."

"예, 그동안 곤욕을 치르신다고 고생하셨습니다."

"그게 어디 나만 그러했던가. 다음에 보세."

관해는 제자들이 기다리고 있는 요동의료학교로 돌아가는 화타의 신변 안전을 위해 병사들을 딸려 보내주었다.

점점 멀어져 가는 화타를 지켜보던 관해가 함께 온 주창을
보며 말했다.

"너는 나를 따라오너라."

"어디로 가십니까?"

어디론가 향하는 관해를 따라가면서 그처럼 묻는 주창이었
다.

"배에서 말한 것처럼 앞으로 내 밑에 있으려면 부관이라도
되어야 할 것이 아니더냐. 자리를 만들 때까지 지낼 숙소를
마련해 주마."

"감사합니다. 총두! 아니지! 장군님."

"이제부터는 말조심해야 한다."

"예, 장군님."

주창은 관해에게 자신도 모르게 총두령이라고 말하려다가
황급히 장군으로 고쳐 불렀다.

관해가 주창을 이끌고 도착한 곳은 바로 백제소(百濟所)에
있는 태원상단의 기루였다.

태원상단의 단주 부여문연!

백제국의 왕족이지만 서자 출신이라는 한계 때문에 요동으
로 건너온 부여문연이었다.

그러지 않아도 백제소를 관리하던 그였다.

그런데 딸인 부여설례와 수현이 부부의 연을 맺었다는 것

이 암암리에 백제소 일대에 파다하게 퍼졌다.

그러자 흠차관 진수현은 자신과 부여설례와의 관계를 공식적으로 인정하면서 약혼까지 치르게 되었다.

그러다 보니 요동의 관리들은 자연스럽게 부여설례가 흠차관의 둘째 부인이 될 것으로 믿어 의심치 않았다.

요동 일대에서 흠차관의 존재는 가히 절대적이라고 하여도 과언이 아니었다.

북방의 이민족들은 물론이고, 멀리는 한반도의 고구려나 백제와도 교역을 하는 수현이었다.

그런데 그가 요동과 백제국의 무역을 독점함으로 인해 막대한 부를 축적한 부여문연의 사위가 되었다.

수현과 부여가문(扶餘家門)의 그런 관계 때문에 어느 순간부터 백제소에는 많은 사람들이 모여들게 되었다. 그렇게 유동 인구가 많아지자 백제소는 차츰 요동 상권의 중심지로 급성장하게 되었다.

다음 날.

오늘도 부여문연은 태원상단의 총단에 머물고 있었다.

그리고 그의 딸인 부여설례는 쏟아져 들어오는 결제 대금을 처리하고 있는 중이었다.

탁, 타닥!

타닥!

태원상단의 심처에 있는 전각에서 빠르게 손가락을 움직이며 주판알을 튕기고 있는 부여설례가 보였다.

그리고 맞은편에는 부여문연이 말없이 차를 마시면서 지켜보고 있었다.

그녀는 이제 상인들에게 필수품으로 자리를 잡은 주판으로 빠르게 지급 예정인 환(換)과 장부를 비교했다.

한참 계산을 하던 부여설례가 부친을 보면서 입을 열었다.

"이번 달에 지급해야 하는 금액이 모두 백오십만 전입니다. 환과 장부는 일치합니다."

"수고하였다. 몸은 괜찮으냐?"

"예, 걱정하지 않으셔도 됩니다."

흠차관 진수현과 약혼을 치른 부여설례는 어느 순간부터 쪽 진 머리를 하고 다녔다.

그녀가 애용하는 비녀는 수현의 선물이었고, 그것이 의미하는 바는 남다른 것이었다. 그것을 상징하는 듯 부여설례는 현재 임신 중인 상태였다.

"단주님, 들어가겠습니다."

부여문연이 요동으로 와서 아내로 받아들인 소천금 행수의 음성이 문밖에서 들려왔다.

"들어오너라."

부여문연의 답에 문이 열리더니 그의 후처 소천금이 들어왔다.

그런데 그녀의 뒤를 따라 화타의 애제자인 고은서도 함께 들어왔다.

부여문연은 얼마 전에 고은서가 고구려 왕자의 딸이라는 것을 알게 되었고, 그 이후부터는 언제나 몸가짐에 어긋남이 없게 그녀를 대해왔다.

"대사저께서 웬일이신가? 오늘 진료는 없는 것으로 아는데, 아니던가?"

부여문연의 물음에 고은서가 공손히 허리를 숙여 보인 후에 말했다.

"어제 스승님께서 돌아오셨습니다. 그래서 앞으로는 다른 이가 설례 언니를 보살펴 드릴 것입니다."

"화타 선생께서 무사히 돌아오셨다고? 그럼 앞으로는 공부에 힘을 써야 하겠지. 그동안 참으로 고마웠네."

"당연한 일입니다. 학교로 돌아가기 전에 설례 언니의 맥을 짚어보려고 합니다."

"그리하게."

그러자 부여설례가 있는 곳으로 걸어가더니 곁에 앉는 고은서였다.

그러고는 가만히 부여설례의 맥을 짚었다.

잠시 동안 전각 안은 고요해졌고, 고은서는 이내 그녀의 손목에서 손을 떼면서 말했다.

"언니, 복중의 아기씨는 건강하세요."

"모두가 동생이 보살펴 준 덕분이지. 이제 학교로 돌아가면 한동안은 만나기 어렵겠지?"

"언니, 산달이 되면 오도록 할게요."

그러자 부여설례의 입가에 환한 꽃망울이 생겨났다.

부여설례는 고은서보다 두 살이 많은 열일곱이었고, 지금 수현의 아이를 임신 중인 상태였다. 그녀는 산달이 되면 오겠다는 고은서의 말에 고마움을 느끼며 환하게 웃어 보였다.

그렇게 할 일을 마친 고은서가 전각을 떠나고 얼마 되지 않아서였다.

기루에서 가장 한가한 시간인 오전, 이미 소천금 행수에게 중요한 것을 전했던 태원기루의 총관이 찾아왔다는 전갈이 전해졌다.

부여문연은 무슨 일인가 싶어 안으로 들어온 기루의 총관을 보자마자 물었다.

"무슨 일이더냐?"

"단주님, 어제 공판 대인이 기루에 다녀갔습니다."

그런 말을 처음 듣는 소천금 행수였다.

자신이 관리하는 기루에 그런 귀빈이 다녀갔다는 것을 몰랐으니 화가 나는 그녀였다. 하지만 자신이 가장 어려워하는 설례가 있는 자리이기에 그런 내색을 하지 못하고 물었다.

"그런 것을 왜 이제야 말하지?"

"송구합니다. 어젯밤에 술값을 지불하지 않은 손님이 있다고 하여 대수롭게 여기지 않았습니다. 행수님과 조회를 끝내고 객실에 가서 봤더니 공판 대인이었습니다."

그제야 소천금 행수는 그럴 수도 있겠다 싶었다.

하루에도 서너 명은 술값을 지불하지 않고 객실에서 자버렸다.

취객에게 술값을 내라고 해봐야 소용이 없었다. 날이 밝고 총관이 가서 확인을 해보니 그 사람이 바로 공조판서 관해였던 것이었다.

"그런데 선착장을 지키는 병사들에게 알아보니, 흠차관 각하의 아들이 함께 돌아오지 않았다고 합니다."

"뭐? 그게 무슨 소리야?"

"자세한 것은 아직 파악하지 못했습니다. 그리고 공판 대인이 웬 사내 하나를 데려왔는데 그를 당분간만 기루에서 지내게 해달라고 부탁을 하였습니다."

"그거야 어려운 일은 아니지. 그보다 지금 공판은 어디에 있었다는 것이냐?"

"관청으로 갔다고 하였습니다."

그러자 가만히 듣고만 있던 부여설례는 관해와 함께 요동으로 떠났던 공손란과 그녀의 아들이 돌아오지 않았다는 것에 궁금하여 물었다.

"아버님, 무슨 일일까요?"

"글쎄다. 흠차관의 부인과 아들을 남겨두고 돌아왔다는 것이 아무래도 마음에 걸리는구나. 아! 그리고 보니 원화 선생도 돌아왔구나!"

"아무래도 이상합니다. 왜 그분의 아들만 남겨두고 돌아왔을까요?"

"단주님, 그러지 마시고 관청에 가서 알아보시지요."

"내가 무슨 수로 관청에 가서 알아보라는 것이냐?"

부여문연과 소천금 행수는 다정한 눈빛으로 서로를 바라보았다.

그리고 그런 둘을 물끄러미 바라보는 부여설례였다.

부여문연이 요동에서 소천금 행수를 아내로 받아들였다지만 어디까지나 두 사람만의 비밀이었다.

하지만 부여설례는 이미 부친과 소천금 행수가 밀월(蜜月) 관계란 것을 눈치채고 있었다.

다만 그저 모른 척하면서 지켜볼 따름이었다.

지금도 소천금 행수의 말에 부친이 다정하게 되묻는 것이 아닌가.

그런 두 사람을 입가에 엷은 미소를 지으면서 지켜보는 그녀였다.

"단주님은 지금 백제국을 상대하는 관직에 있으시다는 것을 잊으셨는지요?"

"아! 그렇구나!"

"그러네요, 저도 그런 사실을 잊고 있었네요."

수현이 장안으로 떠나가면서 부여문연에게 백제국을 담당해 달라는 뜻으로 백제대홍려를 맡아달라고 부탁하였다.

본래 대홍려는 후한의 중앙 관직이었는데, 이를 수현이 변형해서 백제대홍려로 신설한 관직이었다.

일종의 명예 대사와도 같은 관직이었다. 백제를 떠난 후로 한 번도 귀국한 적이 없었기에 부여문연과 그의 딸은 이를 까맣게 잊고 지냈다.

부여문연은 그것을 상기시켜 준 소천금 행수를 보며 자리에서 일어나면서 말했다.

"이보게, 소 행수. 관복을 준비해 주게."

"예, 단주님."

부여문연은 자신이 흠차관 휘하에서 관직에 있었다는 것을 깨달았고, 그런 점을 이용해 일의 내막을 파악하려 등청하기로 결정했다.

　　　　＊　　　＊　　　＊

　한편, 그 무렵 요동의 관청.

　행정 최고 책임자인 대사도(大司徒) 손소는 갑자기 나타난 공조판서 관해가 전해주는 말에 놀라고 말았다. 엄청난 소식인지라 재차 확인하기 위해 말했다.

　"이보게, 공판. 지금 자네의 그 말이 사실인가?"

　"대인, 제가 비록 황건적 출신이었다지만 각하를 만난 이후로 예전처럼 살지 않으려고 노력합니다. 한 치의 거짓이 없는 사실입니다."

　"어떻게 그런 일이!"

　"대인, 정 제 말을 믿지 못하시겠다면 저와 함께 왔던 원화 선생님을 부르시지요."

　"자네를 의심해서 하는 말이 아니네, 너무나 놀라운 얘기인지라 그리했네."

　"대인, 각하께서 계시지 않으니 이제부터는 대인께서 정국을 이끌고 나가셔야 합니다."

　"그, 그렇지……."

　대사도 손소는 자신도 모르게 눈을 감아버렸다.

　다른 일도 아니고 수많은 사상자가 발생하는 전쟁에 관한 애기였다.

그 때문에 손소는 관해의 그런 말에 당황스러움을 감추지 못했다.

이것은 자신이 전혀 예상하지 못한 일이었다.

남도 아니고 유주목 공손도가 사위를 상대로 전쟁을 하겠다는 것이니, 아무리 손소라 하여도 혼란스러울 수밖에 없었다.

그때였다.

"대인! 군수처장입니다!"

"들어오시게."

덜컹!

손소의 집무실 문이 벌컥 열리더니 군수처장 최거업이 허겁지겁 들어왔다.

최거업은 좀처럼 자신의 집무실을 찾지 않았기에 궁금하여 물었다.

"군수처장이 무슨 일로 여기까지 왔는가?"

"소식 들으셨습니까?"

"무슨 소식?"

"아직 모르시군요. 놀라지 마시고 들으셔야……."

최거업은 빠르게 유주의 계에서 있었던 일을 손소에게 알려주었다.

삼백에 달하는 병사들이 계에서 모조리 죽임을 당했다는 엄청난 말에 벌떡 자리에서 일어나는 손소였다.

그럼 최거업은 이런 정보를 어떻게 파악하게 되었을까?

그것은 모두 그의 직무에 기인(起因)했다.

최거업의 공식 직위는 군수처장(軍需處長)이다.

군수처는 요동 일대에 주둔 중인 부대의 군수에 관한 일을 맡아보는 참모 부서다. 주로 하급 부대의 보급품을 관리하였고, 그 덕에 많은 상단들과 거래가 이루어지고 있는 곳이기도 하였다.

엄청난 양의 물품과 자금이 거래되기에 알토란 같은 자리가 바로 군수처장이었다.

최거업은 주변의 곱지 않은 시선에도 불구하고, 지금까지 단 한 건의 비리도 저지르지 않은 청백리의 표상 같은 인물이었다.

그런 군수처를 수많은 상인들이 하루가 멀다 하고 들락거렸다.

후한 시대에 가장 빨리 정보를 수집하는 사람들은 당연히 떠돌아다니는 상인들이었다.

군수처장 최거업은 관청에 물품을 납품하는 상인들을 통해 유주의 계에서 발생한 공손도의 만행을 알게 되었다.

그는 이미 관해와 화타가 전날 밤에 요동으로 돌아왔다는 것을 알고 있었다.

그러지 않아도 두 사람만 돌아온 것을 이상하게 여기고 있었던 그였다. 그러다가 그런 소문을 상인들이 전해주었다.

그제야 전후 사정을 파악한 그는 확실한 정보라고 생각하여 이처럼 손소에게 달려온 것이다.

손소는 그런 사실을 전해주는 최거업의 말을 듣자 대로했다.

쾅!

쾅!

좀처럼 화를 내지 않는 손소였다.

하지만 무려 삼백의 병사들이 공손도의 지시에 허망하게 죽었다는 사실을 알게 되자 서탁을 거칠게 내려치며 소리쳤다.

"공손도 그 작자가 미쳤는가! 그러지 않고서야 어떻게 죄 없는 병사들을 죽일 수 있었다는 것인가!"

"끝내 우려하였던 일이 터지고 말았군요."

"그게 무슨 소린가? 공관은 이번 일을 이미 알고 있었다는 것인가?"

손소가 놀란 표정으로 관해를 바라보았다.

그러자 관해는 자신이 요동을 떠난 후부터 계에 있는 동안 발생하였던 일들을 자세히 말하기 시작했다.

믿고 싶지 않을 정도로 끔찍한 얘기들이었고, 그의 설명이 길어질수록 받은 충격은 비례하였다.

시간이 흐르고, 관해가 굳은 표정으로 입을 다물자 실내는 정적만이 감돌았다.

그런 와중에 충격을 다스린 손소가 입을 열었다.

"어떻게 아비가 되어 딸과 손자를 인질로 잡을 생각을 하다니……"

"뻔하지 않습니까. 처자식을 인질로 삼아 피 흘리지 않고 요동을 강탈하려는 고약한 심보이지요."

"천하에 둘도 없을 악독한 인물이로고!"

손소는 공손도의 만행에 치를 떨며 주먹에 잔뜩 힘을 주었다.

원래의 역사대로라면 손소는 공융을 섬기다가 훗날 오나라의 초대 승상이 되는 인물이다.

하지만 지금은 흠차관 휘하에 있었고, 무엇보다도 그의 나이가 30대 초반에 불과하다는 것이 불안 요소였다.

젊은 나이라는 것이 믿기지 않을 정도로 흠차관이 없는 요동을 무난하게 이끌어왔던 그였다. 그런데 이처럼 위급한 순간이 닥쳐오자 경험이 일천하다는 단점이 여실히 나타났다.

전형적인 행정가인 손소였기에 이런 급박한 상황에서는 빛이 나지가 않았다.

수현 역시 그런 점을 알았기에 머나먼 장안까지 가서 제갈량에 버금갔다고 알려져 있는 이를 만나려고 하였던 거였다.

손소가 갑작스러운 상황에 어찌할 바를 모르고 혼란스러워할 때였다.

또다시 그의 집무실 밖에서 음성이 들려왔다.

"대인, 백제대홍려께서 뵙고자 하십니다."

문밖에서 들려온 음성은 손소의 시종이었다.

군수처장 최거업은 고개를 갸웃거리며 물었다.

"백제대홍려? 그런 관직도 있습니까?"

"각하께서 장안으로 떠나시면서 임명한 분이시네, 어서 뫼시어라!"

그러면서 손소는 자리에서 일어났고, 그를 따라 관해와 최거업도 자리에서 일어났다.

손소의 집무실 문이 열리자 부여문연이 안으로 들어왔다.

그들은 간략하게 인사를 나누더니 자리를 잡고 앉았고, 이내 심각한 말들이 오가기 시작하였다.

부여문연은 그들이 하는 말을 통해 지금까지의 상황을 파악하더니 심각하게 표정이 변해갔다.

그는 흠차관이 부재중인 상황에서 요동의 실질적인 수반인 손소에게 물었다.

"대사도께서는 어떻게 방비를 하실 건지요?"

부여문연의 물음에 최거업과 관해도 궁금하여 그를 바라만 보았다.

손소는 전형적인 행정가였다.

그러기에 부여문연의 물음에 선뜻 무어라고 확실한 방안을 제시하지 못하였다.

말이 없던 그는 문뜩 부여문연이라면 자신과는 다를 것이라고 생각했다.

그가 동방에 있는 백제국의 왕자라는 것을 떠올리면서 의견을 묻는 손소였다.

"백제대홍려께서는 혹여 좋은 방안이 있으신지요?"

그러자 이번에는 자연스럽게 부여문연에게로 사람들의 시선이 모아졌다.

부여문연은 자신에게 도움을 청하는 손소를 보고는 내심 감탄하고 있었다.

어떻게 보면 자신은 요동에서 이방인이나 다름이 없었다. 그럼에도 불구하고 서슴없이 의견을 구하는 손소가 대범하게 여겨졌다.

부여문연은 그런 손소를 보면서 불치하문(不恥下問: 지위·학식·나이 따위가 자기보다 아랫사람에게 묻는 것을 부끄럽게 여기지 않음)의 고사를 떠올렸다.

비록 손소가 자신보다 나이는 어려도 관직으로만 본다면 요동에서 2인자라 하여도 과언이 아니었다. 그럼에도 자신에게 도움을 청하는 손소를 보자 그의 미래가 어떻게 변할지 궁금해지는 부여문연이었다.

"부족하지만 제 의견을 말씀드리지요."

"경청하겠습니다."

손소가 그처럼 말하자 부여문연은 다시 한번 그의 대범한 인물 됨에 감탄하면서 입을 열었다.

"먼저 군을 지휘할 총사령을 선발하셔야 합니다."

"그거야 당연히 대사도께서 맡으셔야 하는 것이 아닌지요?"

"군수처장의 말은 고마우나, 나는 그럴 만한 준비가 되어 있지 않네. 백제대홍려께서는 혹여 천거할 사람이 있으신지요?"

"일사불란하게 군을 통솔하려면 무엇보다도 경험이 풍부한 자여야만 하겠지요. 그런 자에게 군을 맡기시는 것이 좋을 듯 싶습니다."

"흐음……."

부여문연의 말에 손소는 곰곰이 생각에 잠겨 들어갔다.

많은 인물들이 머릿속에 떠올랐다가 사라졌다.

고민 끝에 손소는 최종적으로 두 사람을 두고 저울질을 했다.

한 명은 공조판서로 있는 관해였다.

그가 비록 황건적 출신이라지만, 수십만이나 되는 황건적을 통솔한 경험을 결코 무시할 수 없었다고 판단한 손소였다.

그리고 다른 한 사람은 태사자의 장인이자 호조판서인 막호발 대족장이었다.

지금이야 대족장의 자리를 아들에게 물려준 그였지만, 그역시도 부족을 통솔한, 풍부한 경험의 소유자였다.

'오환의 답돈도 있지만 그는 너무 어리다.'

답돈의 나이가 이제 20대 초반인 점을 감안한다면 군을 통솔하여 공손도를 막아내기에는 아무래도 부족하다 싶은 손소였다.

"밖에 누가 있느냐!"

갑작스러운 손소의 부름에 문이 열리더니 시종 하나가 안으로 들어와 공손히 허리를 숙여 보였다.

"너는 가서 모든 관리들을 속히 조당으로 들라고 하여라!"

"예!"

그렇게 시종에게 지시를 내리더니 자리에서 일어서는 손소였다.

"모두들 나와 함께 조당으로 가십시다."

그러면서 앞장서 자신의 집무실을 나섰고, 나머지 사람들도 손소를 따라 조당으로 향했다.

*　　　　*　　　　*

한편, 그 무렵 요동의료학교(遼東醫療學校).

고은서가 태원상단에서 부여설례를 진찰하고 학교로 돌아갈 때였다.

그녀는 백제소 인근에 있는 요동의 항구를 지나칠 때 엄청난 소식을 듣게 되었다.

요동과 북해를 오가는 상선들이 정박한 선착장에 상인들과 짐꾼들이 모여 있었다. 그런데 그들이 하는 얘기를 들은 고은서는 정신이 번쩍 들 정도로 엄청난 충격을 받았다.

그래서 그녀는 급히 항구에 모여 있는 사람들에게로 향했다.

상인들과 일꾼들은 공손도의 만행을 두고 시끄럽게 떠들어 댔다.

"실례합니다."

한창 자기들끼리 이야기를 나누던 그들은 뒤에서 들려온

음성에 일제히 시선을 주었다.

그들은 화타의 대제자인 고은서가 보이자 황급히 허리를 숙여 보였다.

그들의 조장으로 보이는 사내가 공손한 모습으로 말했다.

"대사저께서 누추한 이곳에 볼일이 있으신지요?"

"제가 지나가는 길에 우연히 듣게 되었습니다. 계에서 정말로 그런 일이 있었던 것입니까?"

"예, 사실입니다. 그날 강물이 온통 붉었다고 합니다."

"그렇군요."

그런 이야기를 접한 고은서는 정신없이 내달리기 시작했다.

가냘프고 여린 여인의 몸으로 항구에서 학교가 있는 외성인근까지 내달리다 보니 숨이 턱밑까지 차올랐다.

"하아… 하악……."

거칠게 숨을 몰아쉬며 학교 문을 열고 들어서자 많은 동문들이 삼삼오오 모여 있는 것이 보였다.

그들은 고은서가 땀에 흠뻑 젖은 모습으로 들어오자 놀라서 모여들었다.

"대사저!"

"대사저, 무슨 일이 생겼습니까?"

"누가 쫓아오기라도 하는 것입니까?"

동문들의 물음에 손사래를 치면서 말하는 고은서였다.

"스, 스승님은?"

"관사에 계십니다."

그러자 고은서는 뒤도 돌아보지 않고 안으로 내달렸다.

그녀는 몇 채의 전각을 지나 학교 내에 있는 스승 화타의 관사 앞에 도착하고서야 거친 호흡을 안정시켰다.

잠시 시간이 지나고, 어느 정도 호흡이 안정되자 관사의 뜰로 들어섰다.

그리 넓지 않은 마당을 지나 문 앞에서 조심스럽게 말하는 고은서였다.

"스승님, 접니다."

"들어오너라."

문을 열고 안으로 들어서자 서탁에서 무언가를 작성하고 있는 화타의 모습이 보였다.

가까이 다가가서 살펴보니 서탁 위에 죽간이 놓여 있었고, 이제 막 본문을 쓰려고 하였는지 죽간은 깨끗했다.

"스승님, 청낭서가 무슨 뜻인지요?"

고은서는 죽간의 머리말에 청낭서(靑囊書)라고 쓰인 글귀를 보면서 그처럼 물었다.

"이번에 계에 다녀오면서 많은 것을 느끼게 되었구나. 이것은 그동안 내가 경험하였던 것들을 정리할 책이니라. 이 책이 환자들에게 도움이 되었으면 하는 마음으로 시작하게 되었다."

고은서는 자신의 스승이 얼마나 뛰어난 명의인지 눈으로 직접 본 적이 한두 번이 아니었다. 그러기에 스승이 저술할 의서가 뛰어날 것이라고 생각했다.

"은서야! 은서야!"

"예?"

고은서는 잠시 딴생각을 한다고 스승 화타가 여러 번이나 불렀음에도 대답을 못 했다.

화타가 소맷자락을 잡아당기고 나서야 겨우 정신을 차리는 그녀였다.

"몇 번이나 불러도 넋을 놓고 있는 것이냐."

"송구합니다, 잠시 다른 생각을 한다고 그랬습니다."

"무슨 일로 온 것이더냐?"

"아! 다름이 아니라 항구에서……."

고은서는 항구에서 보았던 일들을 설명하기 시작했다.

제자의 얘기를 들은 화타의 표정은 마치 큰 잘못을 저지른 사람처럼 잔뜩 굳어 있었다.

"스승님, 정말로 삼백이나 되는 병사들을 모조리 죽였을까요?"

"혼자 있고 싶구나, 그만 나가보거라."

"예."

고은서의 나이가 비록 열다섯에 불과하다지만, 총명하기가 또래에서 둘째가라면 서러울 정도였다.

그녀는 스승의 굳어 있는 표정을 보고는 그간의 사정을 나름 유추하게 되었다.

스승과 함께 유주의 계로 떠났던 삼백의 병사들이 모조리 죽임을 당했으니, 결코 스승의 마음이 편치 못할 것이라고 짐작하는 그녀였다.

그러기에 하고 싶은 말은 많았지만 조심스럽게 밖으로 나갔다.

고은서가 관사에서 나가고, 홀로 남은 화타는 만감이 교차하였다.

자신의 힘으로 병사들의 죽음을 막는 것이 불가항력이었다는 것을 알고 있음에도 그의 마음은 너무나 착잡하기만 하였다.

"참으로 용서할 수 없는 자구나……."

화타는 공손도와의 인연이 주마등처럼 뇌리에 스쳐 지나갔다.

비록 유주목 공손도와 흉금을 터놓는 관계는 아닐지라도, 그와 적지 않은 인연이 있었다는 것은 분명한 사실이었다. 하지만 아무리 그와의 인연이 있었다고 하여도, 지금의 공손도를 도저히 용서할 수가 없는 화타였다.

그렇게 기분이 착잡해지자 자연스럽게 지금의 정국이 떠올랐다.

황건적의 난이 터지고, 나라는 극도로 혼란스러워졌다.

화타는 의행(醫行)을 다닌다고 무수히 많은 지역을 돌아다녔다.

그때 지역을 다스리는 위정자의 성정이 포악하면 그 지역이 지옥으로 변하는 것도 무수히 보아왔었다.

그래도 이번처럼 장인이 사위를 상대로 전쟁을 하려는 패륜적인 일은 본 적도 들어본 적도 없었다.

그런 생각에 화타는 자신이 전쟁을 막을 수는 없지만, 할 수 있는 일에 매진하기로 다짐하면서 붓을 들어 청낭서 집필을 시작했다.

5

제3장
부여가(扶餘家)의 사람들 下

그 무렵 요동(양평성) 관청의 조당.

대사도 손소의 긴급 소집령이 떨어지자 관리들이 속속 조당으로 모여들었다.

손소는 조당에 딸려 있는 작은 내실에 머물다가 모든 관리들이 참석했다는 시종의 전갈을 받았다.

덜컹!

조당의 문이 열리면서 손소가 나타났다.

모든 관리들이 대사도 손소에게 공손히 허리를 숙여 보였다.

손소는 흠차관 진수현의 자리 바로 밑에 있는 자신의 서탁이 있는 곳으로 가더니 좌정했다. 그러고는 참석한 관리들을 잠시 동안 훑어보았다.

"이렇게 그대들을 소집한 이유는……."

손소가 마침내 그간에 있었던 모든 사실을 관리들에게 알려주기 시작했다.

조당에 모여 있었던 관리들은 유주목 공손도가 사위와 전쟁을 하려고 한다는 충격적인 내용을 전해 받자 멍한 표정으로 변해갔다.

너무나도 충격적인 사실인지라 관리들은 정신을 수습한다고 아무런 말이 없었다.

"모두가 알겠지만 유주목 공손도는 흠차관 각하의 장인이다."

관리들은 이미 전해 들은 얘기였지만, 손소는 다시 한번 사태를 알림으로써 이번 일의 당위성을 강조하려고 했다.

"하나, 그자는 자식인 딸을 인질로 삼았다. 이는 흠차관 각하를 처자식으로 겁박하려는 것이 명백하다."

그런 손소의 말에 조당에 있던 관리들의 표정은 또다시 잔뜩 굳어졌다.

그럼에도 손소의 말은 계속 이어져 갔다.

"또한 공손도는 죄 없는 병사를 무려 삼백이나 참살하였다.

이는 명백한 도발이며, 향후 이곳 요동을 강탈하겠다는 것을 천명한 것이나 다름이 없다. 이에 본관은 흠차관 각하의 대행 자격으로 결정하였다. 이 시각부로 유주목 공손도를 요동의 주적으로 선포하는 바이다!"

마침내 대사도 손소는 유주목 공손도를 주적으로 선포했다. 이는 요동과 유주의 관계를 적대적으로 만드는 선전포고와도 같았다.

손소가 공손도를 주적으로 선포하는 엄청난 발언을 하였음에도 불구하고 관리들 중에 반대하는 이는 없었다.

그런 의견을 밝힌 손소는 잠시 관리들의 분위기를 살피더니 계속 말을 이어갔다.

"그 후속 조치로 편장군 관해를 승차시켜 아문장군에 임명하여 총사령으로 삼을 것이다! 아문장군 관해는 본관의 명을 받을 것인가!"

그러자 관해가 자리에서 일어나더니 손소를 향해 공손히 예를 올렸다.

"지엄하신 대사도의 명을 받자옵니다!"

"아문장군은 앞으로 나와 향후 계획을 모두에게 알리도록 하라!"

"예."

손소의 지시에 신임 아문장군(牙門將軍) 관해가 앞으로 나아가서 관리들을 바라보았다.

흠차관 진수현은 조운, 태사자, 장합, 감녕을 받아들이고, 그들을 2품 사정장군(四征將軍)으로 임명하였다. 그리고 요동을 4등분하여 그들 네 명의 장수들이 한 구역씩 맡아서 방비를 하도록 하였다.

그리고 청주자사를 겸임하고 있는 감녕을 대신하여 수현이 그의 구역을 담당하기로 결정이 났었다.

수현을 보좌하면서 적지 않은 공을 세운 답돈이 있었지만, 그는 오환의 대족장으로 내정되어 있었기에 별도로 장군직을 하사하지는 않았다.

그리고 관해와 최거업을 각각 편장군과 비장군에 임명했었던 수현이었다.

후한 시대에 편장군과 비장군은 5품 최하위의 잡호장군이었다. 이후 삼국시대에 접어들면서 무수히 많은 편장군과 비장군들이 나타나게 되었다.

손소는 관해를 군의 아문을 방비하는 정규군의 장군으로 임명하여, 위신을 세워준 것이다.

하루아침에 요동의 방어를 맡게 된 관해였다.

그리고 조금 전까지만 하더라도 관해는 공조판서였다.

소택(沼澤), 공장(工匠), 건축(建築), 도요(陶窯), 야금(冶金) 등의 일을 총관하는 곳이 공조였다.

그러기에 어느 누구보다도 요동에서 진행되고 있는 대규모 공사의 진척 상황을 자세히 알고 있는 사람이 관해이기도 하였다.

관해는 대형 지도를 조당의 한편에 마련하게 하더니, 요하(遼河)를 지시봉으로 가리키면서 설명했다.

"모두 아시겠지만 이곳이 요하입니다. 이 강을 건너면 요서로 불리지요. 그리고 이곳 신창현에 십만이 상주할 수 있는 대규모의 성을 축조 중입니다. 현재 공정률은 대략 구 할 정도 진척이 되었습니다."

관해가 설명하는 곳은 원래의 역사에서 고구려가 요동을 장악하고, 요하 유역에 축조한 성들 중의 한 곳인 안시성(安市城)이 있는 곳이다.

흠차관 진수현이 요동군을 통치하게 되자 축조를 시작하였고, 지금은 거의 완공이 되었다고 봐야 하는 성이었다.

"참고로 각하께서는 신축 중인 성의 이름을 안시성으로 정하셨습니다. 안시성은 이곳 양평성을 방어하기 위한 전초기지 역할을 할 것입니다."

그러더니 관해는 지도에 그려져 있는 다리를 가리키면서 설명을 이어갔다.

"다들 아시겠지만 요하를 건너려면 안시성과 이곳 양평성에 설치되어 있는 가교를 건너야만 합니다. 만약 적들이 침공

하면 이 다리를 차단시킬 것입니다."

관해의 설명처럼 요하를 건너 두 성으로 가려면 반드시 가교를 통과해야만 했다.

무수히 많은 뗏목 위에 설치되어 있는 가교였기에, 유사시 다리를 부수고 강 건너에서 방어하기가 쉬운 장점이 있었다.

"이보게, 아문장군."

"예, 대사도."

"병법에 문외한인 본관이 보아도 안시성이 대단히 중요한 곳이라는 것을 알겠네. 그런 중요한 안시성의 성주는 누구를 염두에 두고 있는가?"

손소의 그런 물음에 관해는 좌중에 있는 답돈을 바라보며 입을 열었다.

"저는 안시성의 성주로 답돈을 천거합니다."

관해의 그런 말에 놀라지 않은 사람들이 없었다.

답돈이 아무리 오환의 대족장에 내정되어 있었다지만, 이제 그의 나이가 20대 초반이었다.

대사도 손소 역시 그런 점이 불안하였기에 관해에게 물었다.

"형조판서의 나이가 이제 약관이 갓 지났을 뿐이네. 괜찮겠는가?"

"안시성은 이번에 새로이 축조된 성입니다. 그러다 보니 적들이 탐낼 만한 것이 없습니다. 설령 공격을 해온다 하여도 일만 이내의 병력일 것입니다. 그러니 답돈이라면 능히 그들을 상대할 수 있을 것입니다."

"대사도! 제게 안시성을 맡겨주신다면 반드시 임무를 완수하겠습니다!"

답돈이 자리에서 일어나더니 위풍당당한 모습으로 그처럼 말하였다.

손소는 내심 불안하기는 하였지만, 이미 총사령으로 임명한 관해의 청을 거절하는 것은 아니었다 싶었다.

"안시성의 성주에 답돈을 임명한다. 안시성주 답돈은 총사령과 협의하여 속히 안시성으로 떠날 차비를 하게."

"예, 대사도!"

"그리고 호조판서께서도 저를 도와주셨으면 합니다."

관해가 이번에는 호조판서 막호발을 보면서 그처럼 말했다.

막호발은 자신에게 무슨 부탁을 하려는 것인지가 궁금하여 물었다.

"총사령께서 이 늙은이에게 부탁하실 것이 있으시오?"

"각하께서 봉천을 모용가의 영지로 하사한 것으로 알고 있습니다."

"그렇소만?"

봉천(奉天)은 오늘날 심양(瀋陽)으로 알려진 곳이다.

수현은 지금이야 봉천이 양평성보다 발전이 되지 않은 지역이지만, 훗날 역사적으로 대단히 중요한 지역이라는 것을 당연히 알고 있었다.

청(淸)나라가 건국되고 1634년 청 태종이 수도로 삼은 곳이 바로 심양이었다.

그 후 청나라는 중국 대륙을 점령하고 북경으로 천도하였지만, 그 이후로도 심양은 청의 중요한 도시들 중의 한 곳으로 남게 되었다.

수현은 심양의 중요성을 알기에 요동군에 속하던 그곳을 분리시켜 봉천총관부(奉天摠管府)를 설치했다. 그리고 막호발의 아들이자, 모용가의 시조인 모용목연을 부사(府史)로 임명하여 그곳을 통치하도록 하였다.

현재 봉천부는 양평성 다음으로 발달된 도시였고, 상주하는 병력만 하더라도 이만 명에 달할 정도였다.

그런 사실을 아는 관해는 막호발에게 한 가지 제안을 했다.

"적의 주력은 이곳 양평성으로 올 것입니다. 그리고 제가 예상하는 적 병력은 대략 십만 내외입니다."

"나도 총사령의 생각과 같소이다."

"그런데 말이 십만이지 그 많은 병사들이 먹고 마시는 데

소비하는 물자는 가히 천문학적인 수치입니다. 더구나 유주의 계와 이곳 양평의 거리는 이천 리에 달하는 멀고도 먼 길입니다. 보급품 조달이 결코 쉽지가 않을 것입니다."

관해의 그런 설명에 조당 안에 있던 관리들이 고개를 끄덕거렸다.

말이 이천 리지 실제로 그만한 길을 도보로 간다는 것은 엄청난 고통이 수반되었다.

더구나 대규모 병력이 동원된 전쟁이라면 막대한 양의 보급품을 운반하는 것에 골머리를 앓아야만 했다.

"내가 무엇을 도와주면 되겠소?"

"봉천부사가 적들의 후미를 공격할 수 있도록 부탁드립니다."

"아들에게 그리 전하겠소만, 혹여 적의 보급로를 차단하라는 뜻이오?"

"그렇습니다. 제아무리 식량을 현지에서 조달한다고 하여도 십만의 대병력이 현지 조달만으로 충당하기에는 분명 한계가 있습니다. 그러니 적의 보급을 차단한다면 승산은 우리에게 있습니다."

그때 지금까지 듣고만 있었던 백제대홍려 부여문연이 자리에서 일어났다.

그러자 조당에 있던 모든 이들의 시선이 그에게로 쏠렸다.

"대사도께 긴히 드릴 말씀이 있습니다."

"말씀하시지요."

그러자 부여문연이 소맷자락에서 작은 전낭을 꺼내 손소에게 전했다.

그 전낭을 풀어보면서 말하는 손소였다.

"이게 무엇입니까?"

"흠차관 각하께서 이걸 제게 주시면서 만약 장인이 요동을 넘보려고 하거든 풀어보라고 하신 겁니다."

"그래요?"

대사도 손소는 이런 일을 예상했다는 흠차관의 선견지명에 놀라워하면서 황급히 주머니를 풀어 안에 들어 있는 것을 꺼냈다.

그러자 비단 쪼가리가 나왔는데, 그것을 읽어가던 손소가 감탄을 했다.

"참으로 기발하구나!"

"대사도, 무슨 내용인데 그러십니까?"

"총사령도 이걸 읽어보게."

관해는 손소가 내미는 비단 쪼가리를 받아 펼쳤다.

"견벽청야?"

관해는 황건적의 총두령으로 있을 때만 하더라도 일자무식이었다.

그러다 수현을 만나 요동으로 오게 되었고, 뜻하지 않게 판서에까지 오르게 되었다.

이후 관해는 글을 모르면 안 되겠다고 생각하여 배우기 시작하였고, 지금은 웬만한 글은 읽고 쓸 줄 아는 수준에 도달한 상태였다.

관해는 비단 쪼가리에 쓰인 수현의 계책을 읽어가다가 탄복을 금치 못했다.

견벽청야(堅壁淸野)!

훗날 고구려의 주력 전술로 애용되는 청야 전술을 일컫는 말이다.

청야 전술은 주변에 적이 사용할 만한 모든 군수물자와 식량 등을 없애 적군을 지치게 만드는 전술이다.

수현은 장인 공손도와의 관계가 껄끄러워지자 그런 지침을 작성하고서, 약혼녀 설례의 부친인 부여문연에게 맡겨두었다.

부여문연은 이미 그런 내용을 알고 있었지만, 지금까지 비밀에 부쳐 아무도 그런 문서의 존재를 모르고 있었다.

그러나 이제 공손도와의 전쟁이 확정되었다.

전운이 시시각각으로 다가오자 부여문연은 이제 수현이 남긴 계책을 이용할 때라고 여겼고, 그것을 모두가 보는 자리에서 대사도 손소에게 전하게 된 것이었다.

관해가 흠차관이 남긴 계책을 모두 읽자 묻는 손소였다.

"총사령, 각하께서 남기신 계책이 어떠한가?"

"장안으로 떠나시면서 이미 이런 일을 예상하셨다니 참으로 놀랍습니다. 각하를 두고 떠도는 소문이 참인가 봅니다."

"나도 각하께서 앞일을 예측한다는 소문은 들었지만 그동안은 믿지 않았네. 하나, 이처럼 계책을 남기고 가신 것을 보니 믿어야 할 것 같네."

"저도 그리 생각합니다."

"그 계책대로 시행한다면 능히 공손도의 병사들을 상대할 수 있을 것으로 보네. 자네의 생각은 어떠한가?"

"예, 이대로 따를 생각입니다."

"그럼 모두에게 각하의 계책을 전하게."

그러자 관해가 몸을 돌려 조당에 모여 있는 관리들을 바라보면서 입을 열었다.

"모두 들으시오. 각하께서는 장안으로 떠나시면서 오늘날의 사태에 대비하시기 위한 계책을 남기셨소이다. 각하께서 남기신 계책은 견벽청야 전술이라 하는데……."

관해가 수현의 계책을 모두에게 밝히기 시작하자 이내 곳곳에서 감탄하는 소리가 들려왔다.

그도 그럴 것이 후한 시대에는 별도의 보급 부대라는 것이 없었다.

대부분이 현지 조달이었고, 병사들은 작은 마대 주머니에 전장까지 가는 며칠분의 비상식량만 소지하였다.

그런 상황에서 수현이 제시한 계책대로 요하(遼河) 일대를 깨끗하게 정리한다면 적들은 엄청난 피해를 감수해야만 했다.

전쟁의 주체는 병사들이고, 그 병사들 또한 사람이다.

그리고 사람에게 가장 필요한 기본적인 요소가 바로 의식주다.

그런데 청야 전술은 인간에게 가장 중요하면서도 기본 요소인 먹는 것과 자는 것을 완전히 말살시켜 버렸다.

더구나 지금은 겨울이 시작되는 입동(立冬)이 코앞으로 다가온 상태였다.

그러니 시간이 갈수록 전황은 요동의 수비군에게 절대적으로 유리할 것이고, 그런 사실을 깨달은 관리들의 표정은 하나둘씩 밝아져 갔다.

*　　　*　　　*

그날 저녁.

신임 아문장군(牙門將軍) 관해와 주창이 있는 태원기루.

오늘 하루 온종일 답답하고, 초조한 마음으로 관해를 기다렸던 주창이었다.

그런 중에 마침내 관해가 나타났다.

주창이 원하던 답을 학수고대하며 기다리던 그 순간에 갑자기 내실의 문이 열렸다.

두 사람은 기루의 총관과 행수 소천금이 나타나자 무슨 일인가 싶어 바라만 보았다.

"감축드립니다. 아문장군에 임명되셨다지요."

소천금 행수가 환하게 웃으면서 그처럼 말하자, 놀란 주창이 관해를 바라보며 물었다.

"아문장군이 편장군보다도 높은 직위입니까?"

"당연하지요. 편장군이나 비장군은 필요에 의해 임시적으로 임명이 되지만, 아문장군은 당당히 5품의 품계가 있는 직위입니다. 그러니 이제 관해 장군은 명실상부 정식으로 장군이 되신 겁니다. 다시 한번 감축드립니다."

"소 행수, 고맙소이다. 이거 미안한데, 우리끼리 긴히 할 얘기가 있어 그러네만."

"아! 이만 물러가옵니다. 참! 오늘 두 분이 드시는 술값은 제가 내는 것으로 하겠습니다."

"고맙소이다."

소천금 행수는 그처럼 축하의 말을 하더니 주창이 기거하고 있는 내실을 나갔다.

그러자 자리에서 일어난 주창이 관해에게 깊이 허리를 숙여 보였다.

"아문장군이 되심을 진심으로 감축드립니다."

"고맙다. 그만 되었으니 앉거라."

두 사람은 각자 앞에 마련되어 있는 작은 서탁에 있는 잔에 술을 따르더니 단숨에 들이켰다.

그렇게 두 사람이 몇 순배(巡杯: 술자리에서 술잔을 차례로 돌림) 마시더니, 관해가 입을 열었다.

"이제부터 너를 둔장에 임명하마."

"감사합니다! 장군님!"

"오히려 내가 미안하다. 마음 같아서는 최소한 곡장에 임명하고 싶지만, 알다시피 너는 아직 이렇다 할 공이 없었다. 때를 봐서 너를 부장으로 임명할 것이다."

"저도 처음부터 높은 자리에 오를 생각은 없습니다. 당연히 전공을 세우고, 당당하게 장군님의 부장이 되겠습니다."

"그리 말해주니 고맙구나. 공도가 오면 그 역시 너와 같은 둔장으로 시작할 것이다."

"예, 그리 알고 있겠습니다."

아문장군 관해는 내심 걱정했던 것이 이처럼 순탄하게 해결되자 환하게 웃으며 술을 들이켰다. 주창이 흔쾌히 자신의 제안을 받아들이자 미안하면서도 한편으로는 안심이 되는 그였다.

그러면서 그는 주창과 함께 앞으로의 계획을 심도 있게 의논하기 시작하였다.

한(韓)나라의 병사는 군(軍), 부(部), 곡(曲), 둔(屯), 십(什), 오(伍)로 편제가 이뤄진다.

여기서 관해가 주창에게 말한 둔장이란 것은 대략 백부장 정도의 하급 군관이었다.

그 무렵의 태원상단.

태원상단은 요동에서 백제인들이 거주하는 백제소(百濟所)에 위치했다.

그 백제소 중심부에 여러 채의 전각들로 이루어져 있는 곳이 바로 태원상단이다.

또한 단기간에 요동의 유력 인사로 급부상한 백제대홍려 부여문연의 저택이기도 하였다.

조당에서 마침내 유주목 공손도와의 전쟁이 결정되었다.

그로 인해 자택으로 돌아온 부여문연의 표정은 어느 누가 보아도 심각했다.

부여문연은 내실에서 홀로 무거운 표정으로 고민에 빠져 있었고, 뒷짐을 진 채로 실내를 어슬렁거리며 돌아다녔다.

"분명 하늘이 주신 기횐데……."

부여문연은 지금의 상황이 자신에게 주어진 천재일우(千載
一遇)의 기회라고 여겼다.

이런 정국에서 자신이 무언가 공을 세우기만 한다면 앞으
로의 입지는 탄탄대로라고 보았다.

하지만 아무리 공을 세우고 싶어도 마땅한 방안이 떠오르
지가 않았다.

그렇게 한참을 고민하던 때였다.

"아버님, 접니다."

"들어오너라."

부여문연은 딸 설례의 음성이 들려오자 고개를 돌려 문을
바라보았다.

이내 문이 열리면서 내년 초가 출산 예정이라 배가 부른
부여설례가 들어왔다.

부여문연은 시녀들에게 맡겨도 되는 자리끼를 쟁반에 들고
있는 딸을 보고는 눈살을 찌푸리며 말했다.

"쯧쯧, 아랫것들에게 맡겨도 되는 것을 그러는구나."

"나중에 하고 싶어도 못 하잖아요. 출산 전까지는 제가 할
게요."

그러더니 부여설례는 침상 옆에 뚜껑이 덮인 물그릇을 내려
두었다.

그런 후에 그녀는 자연스럽게 부친에게 오늘 조당에서 있었

던 일을 물었다.

평소에도 딸에게 시시콜콜한 것까지도 모두 이야기하던 부여문연이었기에, 때마침 고민하던 것을 털어놓았다.

그런데 부친의 고민을 들은 부여설례가 마치 아무런 일도 아니라는 듯이 말했다.

"아버님의 신분을 이용하신다면 그다지 어려운 일도 아닙니다."

"내 신분? 하아… 허울뿐인 백제국 왕자라는 신분을 말하는 것이더냐?"

"아버님께서 비록 이곳에 계신다지만, 누가 무어라 하여도 백제국 어라하의 동생이 되십니다."

"형님이야 어려서부터 나를 보살펴 주신 고마운 분이시다. 하나, 문제는 태자 구수다. 태자 그놈이 아비가 서출이라면서 얼마나 깔보았는지는 너도 잘 알 것이다."

백제의 태자 구수는 훗날 현왕(現王)인 초고왕의 뒤를 이어받아 제6대 국왕이 되는 인물이다.

태자 구수는 신장이 7척의 장신에 풍채가 빼어났고, 비범하였다고 했다.

190년 신라 서쪽 국경에 있던 원산향(圓山鄉: 현재의 경북 예천)을 공격하였고, 추격해 오는 신라군을 와산(蛙山: 현재의 충북 보은)에서 크게 격파하였다.

204년에는 신라의 요차성(腰車城: 현재의 경북 상주)을 함락하고, 성주(城主) 설부(薛夫)를 죽였다.

이처럼 부여구수가 태자 시절에 이룬 전공만 보더라도 문무를 겸비한 뛰어난 왕재임이 분명하였다.

그러기에 그를 피해 이곳 요동으로 건너온 부여문연이 아니던가.

부여문연은 상대하기가 껄끄러운 태자 구수가 떠오르자 자신도 모르게 고개를 살래살래 흔들었다.

"다음 어라하에 오를 태자 구수는 요동에서 자리를 잡은 아버님을 굳이 적대하지는 않을 것입니다."

"하긴, 네 말대로 이제 요동에서 자리를 잡고 살아가는 나를 구수 태자가 굳이 적대할 이유는 없겠지."

"그러니 아버님께서 속히 백제로 건너가셔야 합니다."

"거길 왜?"

"조만간에 전쟁이 일어날 것입니다. 그리된다면 가장 필요한 것은……."

부여설례는 전쟁이 발발하면 가장 필요한 것이 병장기와 식량이라고 말했다.

백제도 후한처럼 소금과 철은 국가에서 엄격하게 관리하는 전략 물자였다.

그런데 다행히도 부여문연은 백제의 왕자였고, 당연히 소금과 철을 생산하고 판매할 수 있는 자격이 있었다.

"제가 듣기로는 서방님의 장인이라는 사람이 다스리는 지역이 한나라의 일개 주라고 하더군요. 그런데 서방님은 그보다도 작은 요동군을 통치하십니다. 단순한 수치만으로 비교해도 서방님이 전쟁에 동원할 수 있는 물자가 부족할 것입니다."

"그 말의 뜻은 내가 백제로 가서 그곳에서 병장기와 식량을 수급하기를 바라는 것이더냐?"

"그렇습니다. 아버님께서 그리만 해주신다면 서방님께서도 고마워하실 겁니다. 그럼 아버님은 요동에서 확고부동한 위치에 오르실 수 있을 겁니다."

"병장기와 식량이라……."

부여문연은 딸의 말에 곰곰이 생각에 잠겼다.

'백제에는 많은 대장간이 있지…….'

그런 생각을 하니 자신이 요동에서 산출되는 철광석을 백제로 가져가서 병장기로 만들고, 그런 후에 백제에서 만든 창, 검, 부, 화살 등의 병장기를 요동으로 가져오면 되겠다 싶었다.

더구나 백제의 남부는 곡창 지대가 아니던가. 그곳에서 식량을 구하는 것도 그다지 어렵지는 않을 것 같았다.

"알았다, 내 좀 더 숙고를 해보마. 밤이 깊었다, 그만 가서 쉬거라."

"예, 그럼 내일 뵙겠습니다."

딸을 내보내고 홀로 고민을 하면서 향후 계획을 세워가는 부여문연이었다.

그런 중에 남에게는 밝힐 수 없는 아내 소천금이 내실로 들어왔다.

부여문연은 그녀와 나란히 침상에 누워 딸이 하였던 말을 전했다.

그러자 놀란 소천금 행수가 침상에서 몸을 일으켰다.

"지금 백제로 가신다고 하셨는지요?"

"설례의 말을 듣고 보니 그러는 것이 좋을 듯싶구나."

"그럼 언제쯤이나 돌아오실 수 있으신지요?"

"글쎄다, 아무래도 전쟁이 길어지면 그곳에서 머무는 기간 또한 자연히 늘어나겠지."

그러면서 부여문연은 팔을 벌려 보였다.

그의 품으로 파고들어 간 소천금 행수는 신혼의 단꿈 속에 살아가다가 부여문연이 백제로 가야 한다고 말하자 괜스레 울적해졌다.

하지만 그녀 또한 지금의 사태를 어떻게 대응하느냐에 따라서 향후 요동에서의 입지가 결정된다는 것을 잘 알기에 받아들일 수밖에 없었다.

그런 결정이 나자 부여문연은 다음 날 배를 이용해 백제국으로 떠났다.

3일 후.

요동(양평성)의 조당에, 오랜만에 내황공주가 나타났다.

흠차관과 결의형제의 연을 맺은 조운과 혼인을 하고, 아들 조통을 낳은 그녀였다.

이제 젖먹이에 불과한 아들이 재롱을 피우는 것을 지켜보는 재미에 빠져 지내던 내황공주였다. 그런 그녀가 이처럼 조당에 나타난 것은 모두 대사도 손소의 부탁 때문이었다.

손소는 관해를 요동의 방어를 책임지는 총사령에 임명한 후 그의 권위를 세워주기 위해 내황공주에게 부탁을 했다.

내황공주는 총사령 관해, 안시성주 답돈을 정식으로 임명해 달라는 손소의 부탁을 흔쾌히 받아들였다.

지금의 천자인 헌제(獻帝)가 있다지만, 그는 역적 동탁이 옹립한 허울뿐인 황제라는 치명적인 약점이 있었다. 그리고 지금의 헌제는 내황공주의 이복동생이었다.

그러다 보니 후한의 법통은 선황제인 영제(靈帝)의 계후인 영사황후(하태후)의 소생에게 있었다.

하태후의 소생인 소제(少帝)는 역적 동탁에게 죽임을 당했으니, 남은 두 공주 중에서 유일하게 살아남은 지금의 내황공주가 황실의 법통을 잇는다고 봐야만 했다.

당연히 흠차관이 없는 지금의 요동에선 오직 그녀만이 아문장군과 안시성주를 임명하여 그들에게 정통성을 부여할 수 있었다.

그렇게 조당에서 백관(百官)들이 지켜보는 와중 관해, 답돈을 아문장군과 안시성주에 임명한 내황공주였다.

제4장
폭풍전야(暴風前夜)

그로부터 며칠 후.

요동의 서쪽 관문인 요수현(遼水縣) 인근의 평야.

이름조차 없는 황량한 평야에서 또다시 풍찬노숙(風餐露宿)을 하고 있는 전주(田疇)가 보였다.

유주목 공손도의 명령에 따라 대련현령으로 부임하기 위해 길을 떠난 전주였다.

그런데 그간의 고통스러운 여정을 여실히 보여주는 듯 그의 몰골은 마치 비루먹은 망아지처럼 볼품이 없었다.

그나마 다행스러운 점은 요동의 관문이라고 할 수 있는 요수성까지 하루 거리에 있었다는 것이다.

휘이이잉!

휘이잉!

입동이 지난 요동의 삭풍(朔風)은 매섭기만 하였다.

작은 막사 안에 있는 전주는 엄습해 오는 한기를 막기 위해 귀한 담비 가죽으로 만든 옷깃을 여몄다.

"대인, 소인 걸진이옵니다."

"들어오시게."

전주는 막사 밖에서 들려온 음성에 그처럼 답을 하더니 화로에 숯을 던져 넣었다.

이내 막사로 들어온 이는 사내인지, 여자인지 구분하기가 어려웠다. 목소리는 분명 남자인데, 곱상한 외모만 놓고 본다면 남창(男娼)으로 오해할 소지가 다분한 청년이었다.

그 사내의 신장은 그리 크지가 않았다. 그로 인해 사내는 마치 아름다운 여인의 단아한 분위기를 자아냈고, 묘한 중성적인 매력을 발산하였다.

전주는 자신의 막사로 들어온 그 사내를 반갑게 맞이했다.

"어서 오게, 단 소협. 이쪽으로 앉으시게."

전주가 환한 표정으로 자리를 권하는 그 사내의 이름은 단걸진(段乞珍)이었다.

올해로 19세인 단걸진은 정중히 인사를 하더니 화로 곁으로 가서 자리를 잡고 앉았다. 그러고는 가져왔던 작은 술병을 내밀었다.

"날이 상당히 춥습니다. 드세요."

"오! 그러지 않아도 술 생각이 간절했던 참이었네. 고맙네."

'그래도 담비 가죽으로 만든 옷이라도 얻었으니 추위는 면하시겠구나.'

전주를 바라보면서 그처럼 생각에 잠기는 단걸진이었다.

그런 것을 알 리 없는 전주는 마치 맡겨둔 짐을 찾듯이 단숨에 술병을 뺏어 주둥이에 입을 대고 벌컥벌컥 들이켰다.

그런데 전주가 외투로 걸쳐 입은 귀한 담비 옷과 달리 그의 행색은 참으로 초라하기 그지없었다.

명색이 유학자인 전주였음에도 불구하고 상투머리는 산발이 되어 있었고, 담비 옷 안에 받쳐 입은 옷은 넝마나 다름이 없었다.

전주의 몰골이 이렇게 초라하게 변한 것에는 그만한 이유가 있었다.

유주목 공손도는 수천 리 길을 가야 하는 전주에게 호위병을 붙여주지 않았다.

그래서 전주는 가노(家奴) 몇만 대동하여 북행하였고, 그러던 중 단부족 사람들에게 붙잡히고 말았다.

"이제야 살겠군."

단숨에 술을 벌컥벌컥 들이마신 전주는 그제야 표정이 평소처럼 변해갔다.

"무슨 놈의 날이 초겨울인데 이리도 추운지 모르겠군."

"조금만 참으시면 됩니다. 내일 요수성에 들어설 겁니다."

"단 소협 덕분에 무사하였네. 고맙네."

"아닙니다, 오히려 제가 송구스럽습니다."

"괜찮네, 그게 어디 단 소협의 잘못이던가. 그러니 너무 신경 쓰지 마시게."

무언가 의미심장한 대화를 나누는 두 사람이었다.

그런 두 사람의 관계는 며칠 전(前) 전주가 의무려산(醫巫閭山)을 지날 무렵에 시작되었다.

의무려산 혹은 려산으로 불리는 그곳은 선비족의 일족인 단부족들의 영역이었다.

후한 영제 때 요동 일대에 산재하였던 선비족을 하나로 통합한 단석괴(檀石槐)란 걸출한 인물이 있었다.

단부족 출신인 단석괴의 영도 아래 한때는 강력한 힘을 발휘하였지만, 그의 사후 선비족은 또다시 여러 부족으로 분열하게 되었다.

그런 와중에 가비능이란 자가 나타나 단걸진과 족장 자리를 두고 대결하게 되었다.

치열한 대결 끝에 가비능이 족장이 되었다.

단걸진은 가비능의 위협에서 벗어나기 위해 가족들을 이끌고 양평성으로 길을 떠나게 되었다. 그때 단걸진은 자신의 부족민들이 전주를 죽이려 하던 것을 구해주게 되었다.

　전주가 풀려나면서 그들 단부족 사람들에게 사죄의 뜻으로 받은 것은 고작 담비 가죽으로 만든 옷이 전부였다.

　간신히 홀로 살아남은 전주는 단걸진이 부족에서 내쳐진 신세가 되었다는 것을 알았고, 이렇게 그와 함께 양평성으로 가는 길이었다.

　훗날의 얘기지만 가비능이 235년에 죽자, 단걸진의 후손들이 다시 단부족의 족장이 되었다.

　전주는 말린 육포를 안주 삼아 질근질근 씹으며 말했다.

　"단 소협은 양평성에 도착하면 무엇을 하려는가?"

　"솔직히 말씀드리면 저는 부족을 이끌 만한 재목이 아니었습니다. 어쩌다 보니 가비능과 대결을 하였지만, 적극적으로 그를 상대하지 않았지요. 그 때문에 가비능 그자도 제가 부족을 떠나는 것을 막지 않았던 것입니다."

　"하긴, 그러지 않았다면 자네는 벌써 가비능 그자에게 죽임을 당했었겠지."

　"양평성에 도착하면 작은 관직이라도 얻던가, 아니면 상인이라도 되어보려고 합니다."

　그런 말에 전주는 자신이 도울 수 있는 길이 아무것도 없다는 생각이 들었다.

유배지나 다름없는 곳으로 길을 떠나는 마당에 다른 이를 돕는다는 것은 주제 파악조차 못 한다고 생각하는 그였다.

"미안하게 되었네. 내가 말이 현령이지, 이건 유배나 다름없으니 자네를 도울 길이 요원하기만 하네."

"아, 아닙니다! 대인에게 도움을 받고자 구한 것이 아닙니다."

"나라고 왜 그것을 모르겠는가. 그저 안타까워 그러네."

"저는 개의치 마시고, 아침에 출발하시려면 그만 주무셔야지요."

전주는 자신을 챙겨주는 단걸진이 너무나 순수하다고 여겼다.

다른 이들 같으면 자신을 구한 공을 빌미로 한몫 챙기려 할 것이라고 여겼다. 그러나 단걸진은 전혀 그런 생각이 없다는 것을 느낄 수 있었다.

그런 아쉬움 때문에 두 사람은 이런저런 얘기를 나누며 시간을 보냈고, 자정 무렵에서야 겨우 술자리가 끝나게 되었다.

다음 날.

계획대로 아침에 요수현을 향해 길을 떠난 전주였다.

그리고 그날 오후 무사히 요수성에 도착하였다.

유주의 주도 계를 떠난 지 수십 일 만에 마침내 객잔에서 제대로 된 휴식을 가지는 전주였다. 마음 같아서는 단걸진과 함께 있고 싶었지만, 이곳 요수현이 요동군에 속하는지라 그럴 처지가 되지 못하는 것이 현실이었다.

그러나 전주가 미처 모르고 있는 것이 있었다.

요수성의 주요 기능은 양평성을 노리고 진군하는 공손도의 군을 방어하기 위한 전초기지였다. 그리고 현재 유주목 공손도와 전쟁이 터질 것이란 것을 모르는 요동의 사람들은 없었다.

당연히 요수성의 성문을 지키는 병사들은 유주 방면에서 왔던 전주와 단걸진의 신분을 파악하게 되었다.

아직 전쟁이 터지지는 않았다지만, 언제 요동으로 군을 이끌고 와서 공격할지 알 수가 없는 공손도였다. 그리고 전주는 그런 공손도의 속관이었다.

그러다 보니 요수성의 병사들은 전주가 나타난 것을 전서구를 통해 양평성으로 전하게 되었다.

그러니까 흠차관 진수현이 요동을 통치하던 초기 무렵이었다.

당시 요동군의 동쪽에는 고구려와 부여가 존재하였다. 그리고 북방에는 여러 부족으로 나누어진 선비족들이 있었다. 또한 한반도에는 백제가 존재하였고, 그들과도 활발히 교역을 하던 수현이었다.

상업 발전을 위해 교역을 장려하였고, 양평성을 개방하여 상당한 성과를 이룬 상태였다.

하지만 무슨 정책이든 장단점이 함께 존재하는 법이었다.

요동군에서 양평성을 개방하여 급속한 성장을 이룬 것은 긍정적이었지만, 반대로 다양한 곳에서 간자들을 심어두는 부정적인 결과가 나타났다.

특히 화타가 고구려에서 고은서와 함께 양평성으로 돌아온 날에 그런 부정적인 면을 확실하게 깨달은 수현이었다.

그래서 방첩 기관의 필요성을 절감하게 되었고, 그 일환의 하나로 기무원(機務院)을 창설하게 되었다. 기무원의 구성 인원은 주로 사냥꾼이나 약초꾼 출신들이 많았고, 요동 일대의 정찰과 방첩 활동이 주된 임무였다.

기무원 창설 초창기에는 수현이 원장을 겸하였다.

그러나 장안으로 떠나는 것이 결정되자 정보를 관리하는 수장의 자리가 공석이 되고 말았다.

그래서 수현은 은밀히 내황공주를 찾아가 기무원장직을 제안하였다.

후한(後漢)의 공주인 내황공주였지만, 조운과 혼인하여 남편을 따르기로 결심한 그녀였다. 그러기에 수현을 돕는 길이라는 생각으로 그런 제안을 흔쾌히 받아들였다.

그리고 오늘 내황공주는 요수성에 전주가 나타났다는 것을, 병사로 위장한 체탐인(體探人)에게서 보고받게 되었다.

내황공주에게 그런 보고를 하는 이는 객잔을 정리하고 얼마 전에 합류하게 된 공도였다.

보고가 끝나자 그녀는 방첩부의 부장 공도를 바라보며 물었다.

"전주는 타계하신 황숙의 심복이 아니던가?"

"그렇습니다. 아무래도 공손도가 곁에 두기 껄끄러워 대련현령으로 내친 것으로 추측이 됩니다."

황실에서 자란 내황공주였다.

그러기에 권력 암투가 얼마나 비정한지는 누구보다 자신이 잘 알고 있다고 자부했다.

그녀는 전주의 대련현령 임명에 숨겨져 있는 공손도의 의도를 순식간에 파악했다. 그러면서 지금 공손도가 엄청난 실수를 범했다는 것을 자각하지 못했다고 보았다.

"이보게, 공 부장."

"예, 원장님."

"전주 그자는 누구보다도 유주의 현황을 자세히 알고 있겠지?"

"물론입니다."

"후후! 그런 자를 내치다니, 참으로 어리석은 공손도가 아닌가? 즉시 총사령에게 전령을 보내 전주가 나타났다고 전하고, 자네는 전주를 포섭할 준비를 하게."

"어떤 식으로 포섭하실 건지요?"

"전령부터 보내게. 나는 대사도와 함께 전주를 포섭할 계획 안을 마련하지."

"알겠습니다."

그렇게 결정이 나자 내황공주는 대사도 손소를 만나기 위해 조당으로 향했고, 그녀가 떠난 기무원은 분주하게 움직이기 시작하였다.

*　　*　　*

요동평야에 짙은 황금빛 노을이 깔렸다.

양평성 서남쪽에 위치한 해발 300미터의 수산(首山).

둥!

둥… 둥!

산자락에 위치한 병영에서 들려오는 북소리에 따라 병사들은 흩어졌다가 모이기를 반복하는 진법 훈련이 한창이었다.

요동군(遼東郡)의 방위총사령 관해는 수산 인근에 진채를 세우고 연일 훈련에 매진하고 있었다.

사열대의 단상에서 금일(今日) 병사들의 마지막 훈련을 무심한 눈빛으로 지켜보는 관해였다. 그의 곁에는 부관으로 임명한 주창이 함께 있었다.

관해는 다가올 전쟁은 농성전이 될 공산이 크다는 것쯤은 알고 있었다.

하지만 농성전이라고 해서 단순히 성에 의지해 적을 상대하는 것만이 전부가 아니었다.

상황에 따라 성문을 열고 나가 적을 공격할 수도 있었다.

그 때문에 관해는 강도 높은 훈련으로 병사들을 조련했다.

이곳 요동에 오기 전까지 관해는 황건적의 총두령이었지만 일자무식이나 다름이 없었다.

그런데 흠차관 진수현을 만나 관직에 진출했다.

그렇게 요동에서 관직 생활을 하다 보니 자연스럽게 회의에 참석하는 일이 많아지게 되었다.

그런 생활은 관해를 변모시켜 주었고, 특히 수현이 보름에 한 번씩 개최하는 전략 전술 회의에서 많은 것을 배우게 되었다.

수현의 주재하에 가상의 적군을 상대로 하는 모의 전투 훈련은 관해를 한낱 무지렁이에서 일약 무관으로 탈바꿈시켜 주었다.

그런 관해를 두고 대사도 손소가 전형적인 대기만성(大器晩

成)이라고 극찬할 정도로 변모한 것이다.

그렇게 몰라보게 성장하여 이제는 요동군의 총사령이 된 관해였다.

오늘도 변함없이 병사들의 훈련을 관전하는 중 갑자기 요란하게 말발굽 소리가 들려왔다.

관해는 자연스럽게 소리가 들려온 곳으로 시선을 돌렸고, 이내 그 소리의 주인공이 전령이라는 것을 알게 되었다.

일반 전령과는 달리 기무원(機務院)의 전령들은 검정색 천을 목에 두르고 다녔기에 관해는 곁에 있는 주창을 보면서 물었다.

"공 부장이 보낸 전령인가?"

"그런 것 같습니다."

요동의 방어를 책임지는 아문장군(牙門將軍)에 임명된 후 수시로 기무원에서 정보를 전해 받았던 관해였다. 그러기에 이번에도 대수롭게 여기지 않았다.

그러나 이내 그 전령이 다가와서 전해주는 말에 놀란 관해였다. 그 역시도 그간 전해 받은 정보 덕분에 전주가 누군지는 파악하고 있었다.

전주가 나타났다는 소식을 접하자 관해는 급히 대사도 손소가 있는 조당으로 향했다.

그리고 대사도 손소와 기무원장인 내황공주, 관해 세 사람은 전주를 포섭할 계획을 세우게 되었다.

　　　　　*　　　　*　　　　*

　그로부터 며칠 후.

　요수성을 떠난 전주가 마침내 양평성에 도착하였다.

　이제나저제나 전주가 도착하기만을 기다렸던 손소였고, 초
대를 받아 손소의 저택에 도착한 전주는 이내 아문장군 관해
를 만나게 되었다.

　전주는 관해가 요동의 총사령이라는 것을 알게 되자 자신
도 모르게 긴장될 수밖에 없었다. 이유야 어찌 되었던 현재
요동과 유주의 관계는 언제 무력 충돌이 발생할지 모르는 일
촉즉발의 위태로운 상황이었다.

　그러니 전주는 마치 바늘방석에 앉아 있는 기분이었다.

　"전 공."

　갑자기 손소가 자신을 부르자 흠칫하는 전주였다.

　"예, 대사도."

　"엄동설한에 임지인 대련까지 가시려면 얼마나 고되겠습니
까?"

　"날이 춥다 하여 제 상관이신 유주목의 지시를 어길 수는
없지요."

　"전 공, 제가 한때 북해국의 상이신 공융을 섬겼다는 것을

아시는지요?"

"물론입니다."

"그럼 이런 제가 과연 상관을 배신하였다고 보십니까?"

"무슨 뜻으로 하시는 말씀이신지요?"

"전 공, 자고로 현명한 이는……."

전주는 자신에게 양금택목(良禽擇木: 현명한 새는 나무를 가린다)의 고사를 언급하는 손소를 보고 딱히 할 말이 떠오르지가 않았다.

그런 분위기를 살피던 관해가 조심스럽게 말하기 시작했다.

"진정으로 공손도가 전 공을 아꼈다면 오지인 대련의 현령으로 삼으려고 했겠습니까? 더구나 호위병도 없이, 고작 하인 종속이 전부라니요. 이는 전 공이 임지로 가는 길에 죽기를 바라는 것이 아니겠는지요?"

손소가 은유적으로 표현을 했다면, 관해는 직설적으로 공손도의 잘못된 점을 거론해 버렸다.

그러지 않아도 단걸진 덕분에 구사일생하였던 전주였다.

자연스럽게 이곳 양평성까지 오는 동안 겪었던 일들이 떠올랐고, 분위기에 휩쓸린 탓에 자신도 모르게 한숨을 내뱉고 말았다.

"휴우……."

전주의 한탄에 두 사람은 서로를 바라보며 의미심장한 눈빛을 교환했다.

마치 역적모의라도 하는 사람들처럼 순식간에 눈빛을 교환한 손소가 입을 열었다.

"이곳에 공주 전하께서 계신다는 것을 아시지요?"

"아! 제가 미처 경황이 없어 공주 전하를 뵙지 못했습니다."

"괜찮습니다. 제가 공주 전하를 거론하는 것은 그분조차도 흠차관 각하를 따르기 때문입니다. 이럼에도 전 공을 무시하는 유주목에 연연해하실 필요가 있겠습니까?"

그러자 이번에는 관해가 말하기 시작했다.

"제가 알기로 전 공은 아직 이립이 되지도 않았습니다. 앞날이 창창하신 분이라면 더욱더 섬길 주인을 가리는 것이 옳은 길이라고 봅니다."

"더구나 공손도는 각하의 처자식을 인질로 삼을 정도로 무도한 인물이 아닌지요. 어떻게 그런 자를 현명한 전 공이 따르려고 하십니까?"

"저 역시 대사도의 말씀에 동감합니다. 제 입으로 이런 말을 하기는 그러하지만, 저는 한때 황건적의 총두령이었습니다. 하나, 흠차관 각하를 만남으로 해서 제 인생은 변했지요. 그러니 전 공도 현명한 선택을 해주실 수 없겠는지요?"

두 사람이 설득을 하자 전주는 지그시 눈을 감아버렸다.

아무리 생각을 해보아도 두 사람의 말이 옳았다.

마음 같아서는 당장에라도 흠차관을 따르고 싶었다.

하지만 마음에 걸리는 것이 있어 선뜻 답을 할 수가 없는 형편이었다.

그런 전주의 모습에 대사도 손소가 조심스럽게 다시 물었다.

"혹여, 계에 두고 온 가족들 때문이신지요?"

"저도 두 분의 말씀을 들으니 흠차관 각하를 섬기고 싶습니다. 그런데 계에 모친과 처자식이 있는지라 어찌해 볼 수가 없습니다."

"그 공손도가 전 공께서 불손한 마음을 품지 못하게 만들려고 가족들을 인질로 삼았다는 것을 아시는지요?"

손소의 그런 말에 전주는 침통한 표정으로 살짝 고개만 끄덕거렸다.

그러자 옆으로 시선을 돌리는 손소였고, 그의 눈짓에 입을 여는 관해였다.

"공손도가 전쟁 준비에 총력을 기울이는 것으로 알고 있습니다. 내년 봄에 날이 풀리면 공격을 해올 것이라고 추측하고 있습니다."

"그렇습니다. 요동을 제외한 유주 전체에 동원령이 내려졌고, 훈련이 끝나는 내년 봄에 대대적으로 병사들을 동원할 것입니다. 그 규모만 하더라도 족히 십만은 될 것입니다."

그런 말에 관해는 안도했다.

자신이 추측하였던 병력 규모와 실제 규모가 들어맞았으니 준비에 차질은 없겠다 싶었다.

그러자 또다시 입을 열어 설득하는 손소였다.

"그래서 드리는 말씀입니다만, 먼저 대련으로 가신 후에 가족들을 모셔오도록 하시지요."

"그게 가능하겠습니까?"

"아무리 공손도에게 잔인한 면모가 있다지만, 그도 속관들의 눈을 의식할 수밖에 없을 겁니다. 전 공께서 대련에 도착했음에도 가족들을 보내주지 않는다면 이는 노골적으로 전 공의 가족들을 인질로 삼겠다는 것이지요. 그러니 공손도는 어쩔 수 없이 전 공의 가족들은 보내줄 것입니다. 그런 후에 저희와 함께 각하를 돕는 것이 어떻겠는지요?"

"알겠습니다! 그리하겠습니다! 그리고 제가 대련으로 가기 전에 유주의 모든 것을 알려 드리겠습니다!"

"감사합니다! 전 공!"

마침내 두 사람의 끈질긴 설득으로, 전주는 흠차관을 섬기기로 결정했다.

아무리 의리를 중시하는 전주라지만, 자신의 가족을 인질로 삼은 공손도의 만행에 분개할 수밖에 없었다. 그러니 이처럼 아무런 미련 없이 돌아서 버린 것이다.

전주는 임지인 대련으로 떠나기 전 공손도가 동원할 병력
의 규모부터 시작해서 세세한 부분까지 모조리 알려주었다.

＊　　　＊　　　＊

시간을 거슬러 192년 음력 8월.

흠차관 진수현이 예주자사에 서서를 임명하고 장안으로 출
발한 지 한 달여 만에, 마침내 종남산 인근에 있는 두릉현에
도착하였다.

부엉!

부엉!

부엉이가 울어대는 야심한 시각이었지만, 수현이 머물고 있
는 객잔의 내실은 환하게 불이 밝혀져 있었다.

내실에는 흠차관 진수현을 비롯하여 조운, 태사자, 장합, 감
녕, 허저가 있었고, 그들은 바닥에 펼쳐져 있는 지도를 에워싼
채로 군사 유엽의 설명을 경청하는 중이었다.

"저잣거리에서 알아보니 각하께서 만나기를 원하시는 가후
란 자는 현재……."

유엽은 가후의 관직이 상서(尙書)이고, 전선(銓選: 관리의 선
발)을 담당한다고 설명했다.

"곽사와 이각과는 어떤 관계인가? 여전히 우호적인가?"

"그 두 놈은 동탁보다도 더하다고 합니다. 반면에 가후는 젊은 인재들을 등용하여 개혁 정책을 추진하려고 합니다. 그 때문에 가후와 둘의 관계가 그다지 좋지 않다고 합니다."

유엽의 설명에 수현은 그럴 것이라고 생각했다.

동탁의 악행으로 장안의 백성들이 받은 고통은 엄청난 것이었다.

말 그대로 동탁의 집권 시기는 무법천지나 다름이 없을 정도였다.

그런데 동탁이 죽고, 장안을 장악한 이각과 곽사는 백성들이 받은 고통을 위로해 주기는커녕 외면해 버렸다.

이각과 곽사는 하루가 멀다 하고 잔치를 열며 호화로운 생활을 하였다.

일설에는 두 사람이 고대 하(夏)나라의 폭군 걸왕과 요녀 말희가 행했다는 주지육림(酒池肉林)을 그대로 따라했다고 전해질 정도였다.

그러던 어느 날.

곽사가 이각의 집을 자주 드나들자 그의 아내는 남편이 이각의 첩과 놀아나는 것으로 의심하였고, 이각과 곽사의 사이를 갈라놓으려고 하였다.

무능력하고, 무지한 곽사는 아내의 계략에 빠져 이각을 의

심하였다.

이후 이각은 헌제를 탈취하고 곽사와 치열한 공방을 거듭하여, 거리에는 굶주린 백성과 시체가 만연하게 되었다.

수현은 그런 생각을 하면서 입을 열었다.

"이 자리에서 밝히는 것이지만, 나는 그 가후란 자를 요동으로 모시려고 한다. 그러니 그대들은 가후를 대함에 있어 무례함을 보여서는 아니 될 것이다."

"명심하겠습니다."

조운이 그처럼 대답을 하자 모두들 그리하겠다고 답을 했다.

이에 내일 날이 밝으면 장안으로 출발하기로 하고, 다들 각자의 방으로 흩어지게 되었다.

모두를 돌려보내고 수현은 자신의 객실 입구 앞에서 누군가를 기다렸다.

재빨리 객실의 문단속을 끝마친 경호대장 허저가 고개를 숙이면서 말했다.

"각하, 점검 끝났습니다."

"수고하였네. 자네도 피곤할 것이니 이만 가서 자게."

"예, 저는 옆방에 있겠습니다. 혹여나 무슨 일이 생길 경우 소리만 지르시면 바로 달려오겠습니다."

"알겠네."

허저가 객실을 나가고, 수현이 침상에 누워 잠이 든 순간이었다.

　분명 허저가 판자로 만든 창문의 걸쇠를 걸어두었다. 그런데 마치 자석에 이끌리듯이 걸쇠가 저절로 움직였다.

　그리고 이내 객실의 열린 창문으로 한 사내가 소리도 없이 들어섰다.

제5장
천년제국(千年帝國)의
초석을 놓다

　열려져 있는 창문으로 들어오는 달빛이 불 꺼진 객실을 희미하게 비추었다.

　마치 양상군자(梁上君子)처럼 객실에 들어선 이는 수현도 익히 아는 자였다.

　그 사내는 그동안 수현을 은밀하게 따라다녔던 방술사 비장방이었다.

　침상에서 깊이 잠들어 있는 수현을 물끄러미 바라보던 비장방이 중얼거렸다.

　"그것참, 보면 볼수록 신기한 놈일세……."

다시 한번 더 수현의 정체를 파악한 비장방은 자신이 틀리지 않았다는 확신이 생겼다.

흠차관이 죽은 자가 분명했음에도 불구하고 이처럼 버젓이 돌아다니는 것이 너무나 궁금해지는 비장방이었다.

"결(結)!"

잠들어 있는 수현이 어떻게 해볼 틈도 없이 비장방은 허공에 부적을 날렸다.

그의 외침이 끝남과 동시에 부적이 밝게 빛을 냈고, 순식간에 객실 안에 투명한 결계가 만들어졌다.

그러더니 그는 잠들어 있는 수현의 다리를 툭툭 찼다.

"어이! 그만 일어나라!"

수현은 잠결에 이상한 느낌이 들어 게슴츠레 눈을 떴는데, 언뜻 시커먼 인영이 보이자 놀라서 몸을 벌떡 일으켰다.

"웬 놈이냐!"

"이거 벌써 나를 잊었나? 왠지 서운하네."

비장방의 그런 말에 수현은 눈에 힘을 주며 안력을 돋우더니, 그제야 자신의 눈앞에 있는 사내의 정체를 파악하고 소리쳤다.

"너는! 그 방술사!"

"오! 이제야 나를 기억해 주네. 이거 고맙다고 해야 하나?"

새끼손가락으로 콧구멍을 후벼 파면서 그처럼 비아냥거리

는 비장방이었다.

"이놈! 썩 물러가지 못할까!"

수현은 옆방에 있는 자신의 경호대장 허저가 듣기를 바라면서 그처럼 크게 소리쳤다.

그러나 비장방은 수현의 그런 행동에는 아랑곳하지 않았고, 오히려 보란 듯이 허리춤에 걸어둔 술병을 빼 들어 마셔댔다.

그런 비장방의 태연한 모습에서 이상함을 느끼는 수현이었다.

'잠귀가 밝은 허저라면 내가 소리 지른 것을 분명 들었을 것인데……'

비장방을 보자마자 크게 소리쳐서 옆방에 있는 허저가 듣기를 바랐었다. 하지만 아무리 기다려도 방문 밖에 인기척은 없었다.

그러자 점점 불안해지는 수현이었다. 그가 불안해하는 이유는 당연히 이 세상에서 유일하게 자신의 정체를 의심하는 방술사 비장방이 나타났기 때문이었다. 그러니 긴장이 될 수밖에 없었다.

허저를 부르기 위해 소리쳤음에도 잠잠하자, 수현은 자신이 모르는 술법이 펼쳐졌다고 추측했다.

비장방은 그런 수현의 마음을 읽기라도 했는지 대수롭지 않게 말했다.

"혹시나 해서 알려주지, 지금 이곳에 결계를 쳐두었다. 그러니 자네의 호위대장이라는 그자는 아무런 소리를 듣지 못해."

"대체 내게 왜 이러는 것이냐!"

"정녕 몰라서 묻는 것인가?"

비장방이 눈을 날카롭게 빛내면서 노려보았다.

그러자 자신도 모르게 마른침을 삼키는 수현이었다.

수현은 지금 이 순간이 자신이 후한 시대에 넘어온 후로 마주하게 되는 최대의 위기라고 생각했다.

"원하는 것이 무엇이냐?"

비장방에게 순응하는 모습을 보여주면서 한편으로는 정신을 바짝 차리기 위해 노력했다.

"아무래도 얘기가 길어질 것 같은데, 장소를 옮기지."

그러면서 비장방이 허공에 손을 드는데 어느새 부적이 그의 손가락 사이에 끼워져 있는 것이 아닌가.

이내 들고 있는 부적을 허공에 튕기는 그였다.

"개(開)!"

비장방의 외침에 부적에서 눈이 부시도록 밝은 광채가 나타났다.

수현은 자신의 눈앞에서 부적이 밝게 빛나자 손을 들어 막으면서 내심 놀라움을 감추지 못했다.

그리고 상서로운 기운을 내뿜던 그 광채가 서서히 타원형의 문으로 변하는 것을 보고는 비장방의 술법이 대단함을 알게 되었다.

"들어가!"

수현이 자신도 모르게 본능적으로 고개를 흔들어대자, 또다시 부적을 꺼내는 비장방이었다.

"이건 속박 부적이라는 것이다. 정녕 개처럼 강제로 끌려가기를 원하나?"

'젠장!'

수현은 도망칠 수도 없고, 자신이 어떻게 해볼 수도 없는 지금의 상황에 짜증이 치솟았다.

그러면서도 지금은 그의 말에 따라야 한다고 생각했다.

'때를 봐서 도망치자……'

그처럼 생각하면서 침상에서 내려가는 그였다.

"진작에 그럴 것이지. 들어가!"

수현은 기회를 노리기로 마음먹고 그 문으로 들어갔다.

비장방이 그 뒤를 따라 들어서자 문은 마치 거짓말처럼 사라졌다.

도원경(桃源境)!

수현은 자신의 눈앞에 펼쳐져 있는 절경이 마치 신선들이 사는 곳인 무릉도원이나 도원경 같았다.

작은 오솔길 옆에는 아름드리 복숭아나무가 있었는데, 외부의 시간과는 별개인 듯 화사한 꽃이 만개한 상태였다. 그리고 어른 주먹만 한 크기의 복숭아가 주렁주렁 달려 있는 것이 보였다.

"이런 곳이 있었다니."

"정신 차려! 잡혀온 주제에 팔자 한번 좋구나! 따라와라!"

비장방이 그처럼 말하면서 앞서 나아갔고, 수현은 코끝을 자극하는 꽃향기를 맡으면서 그를 따라 걸었다.

수현은 현재 자신에게 주어진 처지를 망각한 듯 주변 풍경을 감상한다고 고개를 이리저리 돌리며 연신 감탄을 했다.

"저거 완전 미친놈이군."

비장방은 마치 유람 나온 사람처럼 행동하는 수현을 보고는 고개를 흔들어댔다. 그런 행동이 못마땅한 비장방은 몸을 획하니 돌려 그를 노려보았고, 그제야 정신을 차린 수현은 그의 뒤를 따라 걸음을 재촉했다.

순식간에 아름다운 절경을 지나, 끝이 보이지 않을 정도의 절벽이 나타났다. 그리고 그 절벽 너머에는 원형의 돌기둥이 우뚝 솟아 있었다.

그 돌기둥에는 작은 초가와 마당이 있었고, 절벽과 연결되는 원형의 돌다리도 보였다.

비장방이 유유히 다리를 건너가자 그의 뒤를 따르는 수현이었다.

그런데 겨우 두어 명이 지나다닐 정도로 좁은 돌다리 밑으로 구름이 떠다니는 것이 보였다.

'이거 아차 하는 순간에 골로 가겠는데…….'

수현은 밑이 보이지 않을 정도로 까마득한 높이에 있는 구름다리를 지나려니 심장이 거침없이 날뛰는 것이 느껴졌다.

뒷머리가 서늘할 정도의 두려움을 참아내며 간신히 원형의 다리를 지나 초막의 마당에 도착하였다.

"거기 앉아."

비장방이 마당 한구석에 있는 평상을 가리키자, 수현은 주변을 두리번거리며 걸어가서 앉았다.

이내 비장방과 수현은 서로를 마주 보았고, 비장방은 그동안 궁금하였던 것을 묻기 위해 입을 열었다.

"여기는 내 스승님의 거처였다. 그분은 신선이셨고, 그 때문에 이곳은 시간의 흐름에 딱히 구애받지 않는 공간이다."

"신선? 그럼 당신도?"

"나는 신선이 되기에는 아직 수련이 부족하다. 그보다 너는 진실을 말하지 않으면 영원히 이곳을 나갈 수 없을 것이다."

수현은 그의 말에 이곳이 감옥이나 다름이 없다고 생각했다.

자신의 입으로는 신선이 아니라고 말하지만, 비장방이 결코 평범한 인물이 아닌 것을 알 수가 있었다.

"질문하지. 대체 네놈 정체가 뭐냐?"

"정체라니?"

"네놈이 나를 우습게 보는 모양인데, 이래 봬도 신선의 술법을 공부하는 자가 바로 나다! 너는 분명 죽은 자다! 그런데 살아 있는 사람처럼 돌아다닌다. 그러니 정체를 밝혀!"

수현은 자신의 정체를 밝히라는 그에게 모든 사실을 이야기한다고 해서 과연 믿어줄까 싶었다. 지진을 피해 동굴로 들어갔더니 후한 시대로 넘어왔다는 것을 말한다 하여 그가 믿을지 알 수가 없었던 것이다.

두 사람은 서로를 바라보면서 말이 없었고, 고요한 정적과 숨 막힐 듯한 긴장감만이 감돌았다.

잠시 비장방을 물끄러미 바라보던 수현이 입을 열었다.

"내가 하는 말을 믿어줄 것이오?"

"나는 다른 사람들과는 다르다. 그러니 말해봐."

그러자 눈을 지그시 감아 지나온 일들을 정리하는 수현이었다.

하나둘씩 자신이 겪은 일들이 떠오르자 마치 한 편의 영화나 드라마를 보는 것만 같았다.

그렇게 생각을 정리한 끝에 마침내 입을 열었다.

"나는 이곳의 사람이 아닌 것이 맞소이다."

"역시! 내가 제대로 보았어! 어디서 온 사람이냐? 혹시 선계에서 왔느냐?"

"나는 수천 년 후의 미래에서 온 사람이오."

"뭐! 그, 그게 무슨 소리냐! 미래라니!"

"후후, 역시 믿지를 못하는군."

제아무리 비장방이 선술(仙術)을 수련하는 특별한 사람이라 하여도 예상하지 못한 답을 듣게 되자 당황할 수밖에 없었다.

"내 말은 한 치의 거짓이 없는 사실이오. 그대라면 분명 알 것인데?"

"그, 그거야……."

비장방은 지금 이 순간 자신이 수현의 말을 믿지 못하겠다고 말할 수가 없었다. 그렇게 말하면 지금까지 자신이 생각해 왔던 것에 정면으로 반하는 것이기 때문이었다.

수현이 죽은 자라고 그처럼 확신을 했는데 이제 와서 그것을 부정할 수가 없는 비장방이었다.

'그래서 저자가 죽은 자였던가…….'

비장방은 미래에서 왔다는 수현의 말을 듣고서야 왜 그를 죽은 자로 여겼는지 납득이 되었다. 하지만 결코 쉽게 받아들일 수가 없는 말이라 다시 물었다.

"정말 미래에서 왔다는 것이냐!"

"내가 그대를 속여 얻는 이득이 있소이까?"

"그, 그렇지. 나를 속여봐야 네가 얻을 이익은 없지. 그럼 어떻게 해서 이곳으로 온 것이더냐?"

"그러니까 그때……."

마침내 수현은 그동안 홀로 숨겨왔던 비밀을 비장방에게 털어놓기 시작했다.

수현이 이처럼 비장방에게 순순히 비밀을 털어놓는 것은 물에 빠진 사람이 지푸라기도 잡는 절박한 심정이기 때문이었다.

일반인들과는 비교조차 할 수가 없는 비장방이기에, 그라면 자신이 고향으로 돌아갈 수 있는 실마리라도 찾을 수 있지 않을까 하는 기대를 했기 때문이었다.

그러기에 수현은 자신이 지난 시간 동안 겪었던 일들을 숨김없이 알려주었다.

이곳에 들어올 때만 하여도 낮이었는데, 수현의 기나긴 얘기가 끝날 때쯤에는 어느덧 주변에 땅거미가 내려앉아 있었다.

"믿을 수가 없어, 어떻게 그런 일이……."

수현의 얘기를 모두 들은 비장방은 마치 귀신에게 혼이라도 빼앗긴 사람처럼 중얼거렸다.

스스로 움직이는 마차를 타고 여행을 하다가 지진이 일어나자 동굴로 피했는데 알고 보니 지금의 시대라고 말하는 것이었다.

물론 이런 것은 수현이 나름 각색하여 비장방이 이해할 수 있게 해주었던 것이다. 그럼에도 불구하고 비장방이 받은 정신적 충격은 결코 작지가 않았다.

그 때문에 혼란스러운 정신을 수습하고자 일어나 초막으로 들어가는 비장방이었다.

"세상에 미래에서 왔다니……."

홀로 남겨진 수현은 마치 넋이 나가 버린 사람처럼 중얼거리는 비장방을 보고는 고개를 흔들고 말았다.

자신이 이 시대의 사람들이 알아들을 수 있게 각색을 하였다지만 그가 받은 충격이 커보였다.

비장방이 특별하다고 하여도 자신이 했던 이야기가 전해준 충격에서 벗어나려면 상당한 시간이 필요할 것으로 보였다.

"후우… 괜한 기대를 하였구나."

혹시나 하면서 자신의 비밀을 털어놓았다.

그런데 비장방의 저런 모습을 보게 되자 잠깐이나마 가졌던 희망이 사라지는 고문을 맛보아야만 하는 수현이었다.

비장방은 마치 비에 젖은 생쥐처럼 힘없이 어깨를 늘어뜨린 채로 초막으로 들어갔다.

수현은 그런 그의 모습을 보게 되자, 가슴속에 품었던 일말의 작은 희망이 물거품처럼 사라지는 쓰라림을 맛보아야만 하였다.

꼬르르륵!

꼬르륵!

지금 있는 곳이 외부 세상과 시간의 흐름이 상이하다지만 완전히 멈춘 곳은 아니었다. 하지만 제 주인의 참담한 심정을 몰라주고 생체 리듬은 활발하게 움직였다.

객잔에서 간단하게 저녁을 먹은 것이 전부인지라 갑자기 배가 고픈 수현이었다.

"쯧! 사람을 잡아왔으면 하다못해 차 한 잔이라도 대접해야지⋯⋯."

수현은 비장방과 얘기를 나누어보니 그가 딱히 자신을 해코지할 것 같지는 않았다. 그리고 자신이 아무리 지랄 발광을 해봐야, 비장방이 이곳에서 내보내 주지 않으면 결코 밖으로 나갈 수가 없다는 것을 깨닫고 있었다.

"기다려라. 내가 잠이 덜 깬 상태라서 얼떨결에 잡혀왔다지만, 네놈이 스스로 내보내게 만들어주지!"

수현에겐 이곳 후한 시대로 넘어온 후로 언제나 스스로에게 되뇌던 말이 있었다. '위기는 곧 기회다'라는 말을 좌우명처럼 여기면서 지금까지 버텨왔었다.

그리고 지금이 자신에게 닥친 위기임과 동시에 기회라고 생각하기로 했다.

"금강산 구경도 식후경이라고 했으니… 뭐 먹을 것이 없나, 웃차!"

마치 스스로에게 또다시 다짐을 하려는 듯이 자리에서 힘차게 벌떡 일어났다. 그러고는 눈에 보이는 부엌으로 들어가는 그였다.

"우와! 이게 다 뭐지?"

그는 부엌 선반에 가지런히 놓여 있는 항아리를 보자 호기심이 일어나 다가가서 살폈다.

항아리 뚜껑을 조심스럽게 집어 들자 알싸한 주향이 코끝을 자극시켰다.

"오! 이거 술이네!"

그러지 않아도 기나긴 시간 동안 비장방에게 자신의 얘기를 들려준다고 갈증이 심했던 수현이었다.

그는 부엌에 있는 항아리를 모두 술 단지로 생각하였고, 작은 목기 그릇을 단지에 넣어 떠 마셨다.

그러자 입안에 한 모금의 술이 들어갔을 뿐인데도 온몸이 짜릿했다.

"캬하! 이거 완전 죽이네!"

지금까지 살아오면서 이처럼 맛있는 술은 마셔본 적이 없었다. 그러기에 자신도 모르게 연신 술을 떠서 마셔댔다.

그는 게걸스럽게 떠먹는 술이 엄청난 기물(奇物)이란 것을 몰랐다.

그 술은 비장방의 스승인 호공(瓠公)이 남긴 비법으로 만들어진 술이었다.

신선 호공의 비법으로 만들어진 술이니 당연히 특별하였고, 평범한 인간이 꾸준히 마신다면 무병장수할 수 있는 효능이 있었다.

그런 사실을 알 리가 없는 수현은 연신 마셔대기만 하였다. 만약 지금의 그를 비장방이 발견한다면 때려죽일지도 몰랐다.

그는 그렇게 번갯불에 콩 구워 먹듯이 단숨에 작은 단지에 담겨 있던 술을 깨끗하게 비워내더니 밖으로 나갔다.

"아! 복숭아!"

수현은 이곳에 도착한 후에 보았던 복숭아나무가 생각났고, 너무나 배가 고파 앞뒤 상황을 살피지 않고 달려갔다.

순식간에 절벽과 연결된 다리를 지나자, 연분홍 꽃이 만개한 복숭아나무가 있는 곳에 도착하였다.

수현은 꽃이 만개한 복숭아나무에 탐스러운 열매가 달려 있는 것이 너무나 신기하였다.

"어떻게 꽃과 과일이 동시에 열려 있지. 신선이 사는 곳이라서 그런가……."

반짝반짝 빛나는 복숭아 하나를 따서 한입 베어 무는데,

정신이 번쩍 들게 만들 정도로 너무나 맛이 좋았다.

"우와! 죽이네!"

그때부터 복숭아를 마파람에 게 눈 감추듯이 순식간에 3개나 먹어치운 수현이었다.

꺼어억!

그는 보란 듯이 크게 트림을 하고 나더니 그제야 자신이 너무 생각이 없었다고 자책했다.

보아하니 술과 복숭아는 예사롭지가 않았다. 그런 생각이 들자 당연히 후한이 두려워졌다.

수현은 바닥에 버려두었던 씨앗을 챙겨 절벽으로 가더니 힘껏 던져 버렸다.

그러고는 부엌으로 가서 자신이 마신 술 단지를 가지고 나와 절벽에 던져 버리는 만행을 저질렀다.

그는 그렇게 증거를 인멸시켜 버리더니 평상에 드러누웠다.

그리고 팔베개를 한 채로 곰곰이 생각에 잠겼다.

"저놈의 스승이 신선이라고 했으니 분명 도교인데… 노자… 우길… 장각… 태평도……."

혼자서 무어라 중얼거리던 수현은 갑자기 몸을 벌떡 일으켰다.

"그래! 그렇게 하면 되겠구나!"

수현은 마침내 비장방을 이용할 계획을 세우더니 입가에

음흉스러운 미소를 만들었다.

"위기는 곧 기회지! 고맙다!"

그는 비장방이 있는 초막을 바라보면서 그처럼 말하더니
이내 잠에 빠지고 말았다.

다음 날, 이른 아침.

덜컹!

툭 하니 살짝만 건들어도 와르르 무너질 것만 같은 볼품없
는 초가 문을 열고 나오는 비장방이 보였다. 밤새도록 수현이
한 이야기 때문에 고민을 하였는지 그의 눈가 주변이 거무스
름하게 그늘져 보였다.

"아니! 저놈이!"

자신은 간밤에 잠 한숨 제대로 자지도 못하고 번민에 빠져
있었다. 그런데 자신과 달리 세상모르고 잠을 자고 있는 수현
이 보이자 순간 화가 치밀어 올랐다.

잔뜩 인상을 쓰더니 마당 한편에 있는 작은 평상으로 성큼
성큼 걸어가 냅다 그의 발을 걷어차 버렸다.

"이놈아! 당장 일어나!"

수현은 강제로 잠에서 깨었기에 잔뜩 인상을 쓰며 비장방
을 바라보았다.

"거참! 너무하네."

"뭐! 너무해! 이놈아, 여기가 저잣거리의 시장통이냐! 잡혀온 주제에 태평하게 잠이 오더냐!"

"생각을 해보시오. 사람을 이런 곳에 납치를 해왔으면 당연히 먹을 거라도 줘야 하는 것이 아니오! 밤새 쫄쫄 굶었는데 하다못해 잠이라도 편하게 자게 그냥 두던가!"

"우하! 진짜 뻔뻔한 놈일세!"

비장방은 잡혀온 주제에 밥 달라, 잠을 자게 해달라고 태연하게 말하는 것이 답답하여 가슴을 퍽퍽 때려댔다.

수현은 그런 비장방을 물끄러미 바라보면서 간밤의 일을 떠올렸다.

'고향으로 돌아갈 방법을 알아내지 못한 것은 아쉽지만, 이제부터 당신을 철저하게 이용해 주지.'

그런 생각을 하면서 간밤에 자신이 세웠던 계획을 실행하기 위한 첫걸음을 내딛기로 결심했다.

"이보시오, 방술사."

"이놈아! 내 이름은 비장방이니라!"

"언제 우리가 친근하게 통성명을 했던가? 그보다 이제 나를 어찌할 참이시오?"

"뭘 어찌해?"

"나는 그대를 믿고 모든 비밀을 털어놓았소이다. 그럼 이제부터 당신이 나를 책임져야 하지 않겠소?"

"뭐라! 책임? 내가 왜 네놈을 책임져야 한다는 것이냐?"

비장방은 너무나 황당한 말에 멍하니 그를 바라보았다.

그러나 그런 모습에도 아랑곳하지 않고 너무나도 태연하게 말을 이어가는 수현이었다.

"내 보아하니 그대는 도를 수행하는 사람 같은데, 아닌가?"

"두말하면 입 아프지. 내 스승님은 신선이신……."

비장방은 자신의 스승인 호공이 선인이었고, 그의 제자인 자신은 당연히 도(道)를 수양하여 신선이 되려 한다고 말했다. 그렇게 말하는 비장방의 표정에는 자신의 스승에 대한 무한한 자부심으로 똘똘 뭉쳐 있는 것이 여실히 드러날 정도였다.

"어떠냐? 너도 이참에 나와 함께 도를 수련해 보지 않겠느냐?"

그런 물음에 대한민국에서 흔하게 보았던 '도를 아십니까?'를 설파하던 자들과 비장방이 오버랩되었다.

마음 같아서는 저놈의 주둥아리를 때려 버리고 싶었지만, 이곳을 빠져나가려면 좋은 말로 비장방을 설득시켜야만 했다.

"왜 그대에게 내 비밀을 모두 털어놓았는지를 모르시겠소?"

"내가 네놈 속을 어찌 알고?"

"내가 그대에게 비밀을 털어놓은 것은 혹여나 고향으로 돌아갈 수 있는 방법을 찾을 수 있지 않을까 해서요."

"그게 가당한 일이냐! 포기해라."

그러자 수현은 마치 세상의 모든 고민을 짊어진 사람처럼 심각하게 변해갔다.

그가 철저하게 연기를 하는 것인 줄도 모르고, 괜히 미안해져 친근하게 말하는 비장방이었다.

"이렇게 된 것을 어찌하겠느냐. 내 이만 너를 보내줄 것이니 상심하지 말거라."

'됐다, 일단은 무사히 여기를 나가겠구나.'

그처럼 생각하였지만, 수현은 마치 내일 죽을 사람처럼 침울한 표정으로 말했다.

"그대도 알다시피 나는 고향에 돌아갈 수조차 없는 처량한 신세가 아니오. 한낱 미물조차도 죽을 때는 고향을 그리워한다는데, 내 처지가 너무나……."

그러자 비장방이 그의 곁에 앉더니 부모가 자식을 위로해 주듯이 측은한 눈빛으로 바라보았다.

"내 능력으로는 너를 고향에 보내줄 방도가 없구나. 들어보니 이곳에 처자식이 있었다고 하였지. 그러니 이곳을 고향으로 여기면서 살거라."

"이보시오. 수행자라면 당연히 이런 나를 측은하게 여겨 보살펴 주어야 하는 것이 도리가 아니겠소?"

"그, 그거야……."

비장방은 그런 소리에 딱히 할 말이 떠오르지가 않았다.

내심 수현의 말이 옳다고 여겼지만, 그렇다고 그의 말에 선뜻 동의하기도 애매한 순간이었다.

"도를 도라 부르면 이미 도가 아니다. 이름 부를 수 있으나 언제나 그 이름은 아니다."

"아니! 네가 어떻게 도덕경을 아느냐!"

"그게 뭐 그리 중하오. 내 말이 틀렸는지 말을 해보시오."

수현은 어젯밤 고심한 끝에 생각해 두었던 말을 내뱉은 것이 후회가 되었다.

'젠장, 어렸을 때 이상한 놈들을 따라가서 들었던 말이 떠올라서 내뱉었는데 그게 도덕경에 나오는 구절이었나.'

수현은 예전 자신이 갓 고등학교를 졸업하고 우연히 이상한 사람들을 따라가서 들었던 말을 기억해 내서 그처럼 말한 것이었다. 그때는 완전히 사기꾼 집단이라고 생각했었다.

그런데 지금 비장방이 놀라는 모습을 내보이는 것을 보니 그래도 나름 구색을 갖추고 사기를 친 것 같았다.

"어떻게 도덕경을 아느냐?"

"도덕경이 그리도 중요하오?"

"이놈아, 도덕경은……."

그러면서 비장방은 도덕경이 도교(道敎)의 교조(敎祖)인 노자(老子)가 남긴 경전이라고 말했다.

수현은 자신이 한 말이 도덕경에 나오는 구절인 줄 몰랐기에 당연히 그런 내막을 알 리가 없었다. 그러면서 지금 자신의 처지에 도교가 무슨 종교 집단인지 궁금하지도 않고, 노자가 누군지 알아봐야 아무짝에도 쓸모가 없다고 생각했다.

오직 비장방을 설득시켜 간밤에 자신이 구상했던 천년대계(千年大計)의 초석을 놓아야 한다고 생각했다.

'통일신라는 천 년의 유구한 역사를 이어왔다. 내가 건국할 제국이라고 해서 천 년을 가지 말란 법은 없지!'

뜻하지 않게 비장방에게 잡혀왔지만, 수현은 그런 위기를 오히려 자신이 건국할 제국이 천 년을 이어가는 데 필요한 초석으로 삼을 기회로 여겼다. 그리고 그 계획에 가장 중요한 인물이 비장방이라고 생각했다.

그러기에 어쭙잖게 도덕경을 들먹이는 실수를 다시는 범하지 말자고 다짐하면서 입을 열었다.

"도덕경에 그런 깊은 뜻이 있는 줄은 미처 몰랐네. 그냥 우연히 들었던 구절을 내뱉었던 것뿐이오. 그보다 나를 어떻게 책임지실 것이오? 죽이기라도 하실 참이오?"

"어허! 내가 악선이 되려는 자도 아닌데, 너를 죽이다니!"

"그럼 어찌하실 참이오?"

간밤에 수현이 들려주었던 미래 세상의 이야기에 매료되어 버렸던 것은 사실이었다.

그러기에 비장방은 수현을 어떻게 처리해야 하는지를 두고 골치가 아파왔다.

비장방은 분명 자신에게 들려주었던 이야기가 전부는 아닐 것이고, 아직도 못다 한 이야기가 흠차관에게 남아 있을 것이라고 생각하였다. 그러기에 남겨진 이야기가 너무나 궁금하였다.

하지만 자신에게 책임지라는 황당한 말은 결코 달갑지가 않았다.

그렇다고 자신에게 모든 비밀을 털어놓고, 딱히 악행을 저지른 것도 없는 그를 외면하자니 괜스레 꺼림칙한 기분이 들었다.

비장방은 잠시 고민을 하다 문득 부적이 떠올랐다.

'그래, 간단하게 부적 쓰는 법이나 알려주고 내보내자.'

그는 그렇게 결심을 하더니 수현을 바라보며 물었다.

"내가 어떻게 해주었으면 하느냐?"

"간단하오, 나를 도와주시오."

"도와달라고? 뭘?"

"혹시 태평도의 장각이란 놈을 아시오?"

"황건적의 우두머리인 그 장각이라면 내 잘 알지."

"그렇다면 그 장각이란 놈이 태평청령서를 얻은 후에 난을 일으켰다는 것도 아시오? 나는 그 태평청령서가 도교의 경전으로 알고 있는데, 그런 것이오?"

수현의 그런 물음에 당황하는 기색이 역력한 비장방이었다.

아무리 부정하고 싶어도 오늘날의 혼란이 태평도(太平道)를 창시한 장각에서 비롯되었다는 것을 알고 있었다.

평소 장각이 황건적의 난을 일으킨 수괴(首魁)로 여기고 있었던 비장방은, 그 때문에 표정이 서서히 납빛으로 변해갔다.

"내가 알고 있는 것이 틀렸소이까?"

수현이 재차 같은 물음을 해오자 비장방은 머뭇거리다가 입을 열었다.

"네 말대로 장각이란 놈이 태평청령서를 우길 선인에게서 얻었다는 것을 알고 있다."

"역시 그렇게 된 일이었군. 명색이 도를 수행하는 자들이 단순하게 생각한 일이 오늘날의 이런 혼란을 야기하게 되었소이다. 그러니 그대가 수습할 방안을 마련해야지 않겠소?"

"내가 책임을 지라니, 그 무슨 황당한 말이냐!"

"책임을 지라는 것이 아니라, 지금의 혼란을 수습해야 한다는 것이오. 말로만 도를 수행한다고 떠들기만 할 뿐, 정작 현실을 외면하는 것이 수행자의 자세라고 보는 것이오?"

"그래, 네 말대로 한다고 치자. 내가 어떻게 수습을 해야 한다는 것이냐?"

"그대도 알겠지만 장각이 황건적의 난을 일으킨 것은……."

수현은 장각이 태평도라는 종교를 악용하여 난을 일으켰다고 말했다.

물론 후한 시대에 부정부패와 향락과 사치가 만연하였다지만, 장각의 태평도 또한 이런 혼란에 일조한 것도 분명한 사실이라고 말이다.

그러면서 백성들을 제대로 이끌 종교가 부재하다고 주장했다.

'저건 내가 오래전부터 생각해 오던 것인데…….'

수현이 제대로 된 종교가 필요하다고 말하자, 비장방은 속으로 적잖이 놀랐다. 자신 또한 황건적의 난이 터졌을 때부터 그런 생각을 해왔기 때문이었다.

"무엇보다도 필요한 것은 명확한 교리를 확립하여 백성들이 사교에 빠지는 것을 방지하는 것이오. 그리해서 다시는 태평도 같은 광신자들이 나타나지 않도록 막아야만 할 것이오."

"그게 말처럼 쉬운 일인가? 나는 할 수 없네."

"그럼 그대 또한 말로만 백성들을 구제하겠다고 떠들어대는 자들과 무엇이 다른가?"

수현의 책망에 비장방은 입을 굳게 다물고 자리에서 일어났다.

그러고는 도망치듯이 초막으로 다시 들어가 버렸다.

그런 그를 바라보면서 안타까운 표정으로 중얼거리는 수현이었다.

"아깝네, 넘어올 수도 있었는데……."

수현은 간밤에 어떻게 이 위기에서 벗어날 수 있을까를 두고 여러모로 궁리를 하였다.

그리고 그가 내린 결론은 비장방을 이용하여 종교를 만들기로 한 것이었다.

21세기에서 살았던 수현은 종교의 무서움을 누구보다도 잘 알고 있었다.

특히 개인은 전체 속에서 비로소 존재 가치를 갖는다는 주장을 근거로 하여, 강력한 국가권력이 국민 생활을 간섭·통제하는 사상인 전체주의(全體主義)를 극도로 경계하였다.

진(秦)나라의 시황제가 그리했고, 히틀러의 나치즘, 무솔리니의 파시즘이 전체주의이거나 혹은 일종의 종교라고 보았다.

또한 명(明)나라를 건국한 주원장도 한때는 명교에 빠져 있었던 종교인이라고 보았다.

"정치와 종교가 결합되면 그것보다 무서운 것이 없다. 그래서 황건적 놈들이 단시간에 대륙의 절반 가까이를 장악할 수 있었다."

수현은 자신이 요동에 세울 제국이 오래도록 유지되기 위해서는 반드시 제대로 된 교리가 있는 종교가 필요하다고 생각했고, 그 이름을 명교(明敎)로 정해 버렸다.

"훗훗, 주원장이 명을 건국하려면 나와 비장방이 세운 교인이 되어야겠지. 뭐 그때까지 명교가 유지될지는 미지수지만……"

수현은 찬란한 역사를 간직한 천년제국을 만들고 싶었다.

대륙 전체에 포교가 이루어지면서도 민간 신앙과 결속하기 가장 좋은 종교가 바로 도교라고 보았다.

만약 자신의 계획이 완성된다면 통일신라처럼 천년제국을 건설할 수 있을 것으로 보았다.

＊　　　＊　　　＊

다음 날, 저녁.

수현을 납치한 후로 한시도 마음이 편하지 못한 비장방이었다.

납치 첫째 날에는 미래에서 왔다는 믿기 힘든 말을 하여서 자신을 번민에 사로잡히게 만들었다. 그리고 둘째 날에는 납치당한 주제에 오히려 도와달라고 말하는 것이 아닌가.

그 때문에 수현을 만나기가 껄끄러웠고, 자신의 거처인 초막에서 나갈 생각이 없었다. 그러다 보니 어느새 수현이 잡혀온 지도 3일이나 지나갔다.

그는 수현이 하였던 말이 내내 머리에서 떠나지가 않았다.

'다시는 태평도 같은 광신도들이 나타나지 말아야 할 것이오. 그러기 위해서는 제대로 된 종교가 반드시 필요하오.'

그처럼 말하면서 당당하게 도와달라는 흠차관이었다.

자신 또한 그의 계획에 심적으로 동의는 하였다. 하지만 아무리 고민을 해보아도 자신의 능력으로는 도저히 감당할 수 없는 일이었다.

"휴우… 스승님을 좀 더 일찍 만났더라면……."

그는 자신의 스승인 호공을 좀 더 일찍 만나지 못한 것이 너무나 후회스러웠다. 만약 자신이 스승을 일찍 만나 제대로 된 도(道)를 공부하였다면, 수현의 부탁을 얼마든지 들어줄 수 있을 것으로 보았다.

하지만 안타깝게도 너무나 늦게 스승을 만났고, 겨우 몇 가지 부적술을 익힌 것과 스승께서 머물었던 이곳 초가를 물려받은 것이 전부였다.

비장방은 스승 없이 홀로 도를 수양한다는 것이 얼마나 지난한 고통이 따르는 일인지를 뼈저리게 느끼고 있었다. 그러나 자신의 스승은 이미 유배 생활이 끝나 선계(仙界)로 돌아갔기에 어찌해 볼 도리가 없었다.

그렇게 이런저런 생각을 하다가 그만 깜박 잠이 들어버린 비장방이었다.

얼마나 그렇게 잠이 들었을까?

비장방은 잠결에 무언가 자신의 볼을 가볍게 때려대는 느낌이 들어 눈을 떴다.

놀랍게도 자신의 눈앞에 학의 깃털로 만들었다는, 선인(仙人)들이 입는 학창의 차림의 스승 호공이 있는 것이 아닌가.

"스, 스승님!"

"잘 지냈느냐?"

"으앙! 스승님!"

비장방은 꿈에서라도 뵙기를 간절히 원했던 스승 호공이 나타나자 40을 넘긴 나이를 잊고 어린아이처럼 울음을 터뜨렸다.

마치 어미 새를 만난 듯이 꺽꺽거리며 울어대는 비장방을 바라보는 호공의 입가에 인자한 미소가 걸렸다.

그렇게 한참이나 울어대던 비장방이 소매 끝으로 눈물을 훔쳐내며 말했다.

"다시는 스승님을 못 뵙는 줄로 알았습니다."

"이놈아, 하라는 공부는 안 하고 밖에 있는 저놈의 말에 혹하여 넘어갔더냐."

"송, 송구스럽습니다. 하나, 저자의 말에도 일리가 있습니다. 어찌 보면 오늘날의 혼란을 초래한 것도 모두 우길이라는 선인이 태평청령서를 장각이라는 우둔한 자에게 전했기 때문이 아니겠는지요?"

"네 말은 우길이라는 선인이 남긴 그 책 때문에 이 사달이 일어났다는 것이냐?"

"스승님, 비인부전이라 하였습니다."

호공은 자신의 제자가 비인부전(非人不傳)이라고 말하자 살짝 고개를 끄덕거리며 수긍을 했다.

그러면서 어떻게 장각이 오늘날의 혼란을 야기했는지를 떠올려 보았다.

황건적의 수괴 장각은 선인 우길이 저술한 신서(神書) 태평청령서(太平靑領書)를 공부한 후에 태평도(太平道)를 창시하였다. 그런데 장각은 '사사로이 이익을 취하면 천벌을 받을 것이다'라고 말한 우길의 당부를 무시하고 황건적의 난을 일으키고 말았다. 그 때문에 장각은 훗날 병사했지만, 그가 남긴 파장은 결코 작지가 않았다.

지금 비장방은 자신의 스승에게 그런 잘못된 것을 거론하고 있는 것이었다. 어찌 보면 무례하기 짝이 없는 언사였다.

그것을 알기에 비장방은 스승의 눈치를 조심스레 살피면서 말했다.

"스승님, 저 역시 흠차관의 말에 어느 정도는 동의합니다. 흠차관의 말처럼 백성들을 제대로 이끌 만한 교리가 있었다면 오늘날 같은 혼란은 생기지 않았을 것입니다."

"그 때문에 이렇게 너를 찾아온 것이다."

"그럼 제가 어찌해야 하는지요?"

"익주로 가거라, 그곳에 가면……."

호공은 자신의 제자에게 익주(益州)에 있는 아미산(峨嵋山)으로 가라고 말했다. 그러면서 아미산에서 수행 중인 좌자(左慈)를 만나보라고 했다.

"좌자가 누구인지요?"

"좌자는 여전히 수행 중이지만, 이미 선인의 경지에 도달하였다."

그러면서 좌자가 수십 년간 수행을 하던 어느 날 하늘에서 벼락이 떨어져 바위가 쪼개졌다고 말했다.

그리고 그 바위 속에서 천둔(天遁), 지둔(地遁), 인둔(人遁)이라는 세 권의 둔갑천서(遁甲天書)라는 책이 나왔다고 하였다.

"둔갑천서는 어떤 책인지요?"

"둔갑천서의 인둔을 익힌 자는……."

호공은 인둔편을 익히게 되면 은신, 변신, 비술에 통달하게 된다고 하였다. 그러면서 부연 설명으로 지둔은 대지와 소통하게 된다고 하였고, 최종적으로 천둔을 익히면 구름이나 바람을 타고 하늘을 날 수 있는 술법에 통달하게 된다고 말하였다.

"지금 좌자 그 사람은 인둔과 지둔을 모두 터득하였고, 마지막으로 남은 천둔을 익힌다면 속세로 나올 것이다."

"그런데 왜 제게 좌자라는 그 사람을 만나보라고 하시는지요?"

"좌자의 경지는 이미……."

비장방은 좌자라는 자가 이미 반인반선(半人半仙)의 경지에 올랐다는 말에 놀라워했다. 자신 또한 그런 경지에 오르고 싶었지만, 수행한 지 얼마 되지 않았기에 감히 꿈도 꿀 수 없는 일이라고 생각했다.

"네가 흠차관을 돕고 싶거든 좌자 그자를 찾아가서 수행하거라. 그자라면 그동안 네가 답답하게 여기고 있었던 것들을 해결해 줄 수 있을 것이다."

"저, 정말로 그리하여도 되는지요?"

"단, 한 가지 조심해야 하는 것이 있었다. 절대 나를 만났다는 것을 밝히지 말거라. 괴팍한 좌자 그놈이 네가 내 제자라는 것을 아는 날에는 너만 힘들 것이다. 그의 밑에서 수행을 하다가 그자가 속세로 나오거든, 그때 너는 흠차관을 따르면 될 것이다."

"명심하겠습니다, 스승님."

"그럼 나중에 또 보자구나."

제자에게 그처럼 당부의 말을 하더니 자리에서 일어나는 호공이었다.

마치 처음부터 그곳에 없었다는 듯이 사라진 그였다.

"스, 스승님!"

비장방은 홀연히 사라진 스승을 애타게 불러보았지만 공허한 외침에 지나지 않았다.

"아미산에 있는 좌자라고 하였지… 스승님, 이 못난 제자를 잊지 않고 찾아와주셔서 감사합니다."

비장방은 스승이 머물렀던 자리를 향해 공손히 절을 올렸다.

절을 하는 그의 눈가에는 스승을 그리워하는 애잔함을 간직한 눈물이 고여 있었다.

그렇게 눈물로 그리운 스승을 떠나보낸 비장방이었다.

비장방은 시장(市場)을 관리, 감독하던 미관말직인 시연(市椽) 출신이었고, 보잘것없는 그를 거두어 제자로 받아들인 이가 바로 신선 호공이었다.

그러니 스승을 향한 비장방의 마음이 얼마나 애틋할지는 더 이상 설명할 필요가 없을 것이다.

그는 겨우 감정을 추스르더니 초막의 문을 밀어젖혔다.

덜컹!

수현은 그때까지 마당의 평상에 누워 있다가 갑자기 문이 열리는 소리가 들리자 몸을 일으켰다.

비장방이 초가 문 밑 툇돌에 있는 가죽신을 고쳐 신는 모습에 그에게로 다가서는 수현이었다.

"그만 돌아가자."

수현은 그 말에 놀라서 반문했다.

"지금 여기를 나가자고 하는 것이오?"

"그래."

"그럼 내 부탁은 어찌하기로 하였소?"

"내 입으로 이런 말을 하는 것이 부끄럽지만, 나는 아직 그만한 수양을 쌓지 못하였다. 그래서 한동안 수행한 후에 너를 찾아가마."

수현은 비록 일을 완전히 성공시키지는 못하였지만 비장방이 훗날 자신을 찾아오겠다고 말하자 안도했다.

수현은 그를 따라 처음 이곳에 들어왔던 입구에 도착하였다. 비장방은 또다시 부적으로 문을 열더니 밖으로 나갔다.

그렇게 그와 함께 객잔으로 무사히 돌아온 수현이었다.

자신은 비장방과 함께 낯선 세상에서 여러 날을 보냈다.

그런데 놀랍게도 현실의 시간은 겨우 몇 시간만 흘렀다는 것을 알게 되었다.

그것을 증명하는 듯 수현이 객실에 도착했을 땐 서서히 여명이 밝아오고 있었다.

"다음에 보자."

수현은 시간의 변화에 놀란 것을 뒤로하고, 떠나겠다고 말하는 비장방을 보며 물었다.

"어디로 가실 참이시오?"

"익주에 있다는 아미산으로 갈 것이다. 그곳에 좌자라는 선인이 있다고 한다. 그곳에서 못다 한 공부를 끝낸 후에 너를 찾아가마."

"잠깐만 기다려 주시오. 내 여비라도."

"여비라면 걱정하지 않아도 된다."

비장방이 창문을 바라보며 한 걸음을 내딛자 그의 모습이 순식간에 사라졌다.

"아니!"

수현은 비장방이 선보인 술법이 축지술이라는 것을 몰랐고, 그저 눈앞에서 사라진 것에 놀라움을 금치 못할 따름이었다.

비장방이 떠나고 얼마 되지 않았을 때였다. 갑자기 무언가 뇌리를 강타하고 지나갔다.

"설마 그 좌자인가! 제갈량에게 기문둔갑을 전해주었다는 그 좌자!"

수현은 그제야 제갈량이 적벽대전에서 동남풍을 빌어 화공으로 대승을 거두었다는 것을 떠올리며 안타까워했다.

물론 소설 속의 허구일지도 모르지만, 만약 사실이라면 좌자와 제갈량은 특별한 관계임이 분명하였다.

하지만 비장방은 이미 사라지고 없었다.

"역시, 보물은 하늘이 정한 주인이 따로 있다고 하더니……."

비장방이 떠나간 창문을 바라보며 그처럼 중얼거리는 그였다.

그리고 날이 밝자 일행들이 객실로 하나둘씩 들어오는데 어느 누구도 지난밤의 일을 알지 못하였다.

그들은 서둘러 장안을 향해 길을 떠났다.

제6장
진수현의 삼고지례(三顧之禮)

며칠 후, 후한의 마지막 수도 장안(長安).

내조(內朝)의 수장 격인 상서령(尙書令) 가후는 홀로 자신의 집무실에 있으면서 깊은 상념에 잠겨 있었다.

번쩍!

쿠르르릉!

콰쾅!

답답한 가후의 심정을 대변하는 듯 오전 내내 시커먼 먹구름이 하늘을 뒤덮고 있었다.

그러던 것이 오후가 되자 마침내 요란한 천둥이 치면서 비가 쏟아지기 시작하였다.

가후는 자신의 집무실 창가에서 거칠게 퍼붓는 빗줄기를 바라보았다.

"이 비가 그치면 겨울이 오겠구나."

겨울을 나려면 월동 준비를 해야겠지만 지금의 사정으로는 그럴 엄두가 나지 않았다.

나라의 살림은 당연히 세금이 있어야만 꾸려갈 수 있는 법이다.

그런데 역적 동탁이 죽자 대부분의 지역에서 조정에 세금을 바치지 않았다. 그로 인해 관원들의 녹봉은 제대로 지급되지가 않았고, 자연히 백성들을 수탈하는 관리들이 속출하였다.

가후는 그런 관리들을 벌하고 싶었지만, 녹봉조차 제대로 지급이 되지 않다 보니 그저 모른 척 외면하는 것이 그가 할 수 있는 일의 전부였다.

"두 놈들이 조금씩만 도와주었더라면……"

이각과 곽사를 떠올리면서 험악하게 인상을 쓰는 그였다.

동탁이 죽자 별 볼 일 없던 이각과 곽사를 설득하여 지금의 자리에 오르게 해주었다.

그런데 젊은 인재들을 등용하여 조정을 쇄신하려던 자신의 계획과는 달리, 그 두 놈은 천자를 차지하기 위해 서로가 서로를 죽이는 일이 끝이 보이지 않을 정도였다.

"하아… 답답하구나."

쏴아아!

쏴아아!

가후는 답답한 마음이 내리는 비처럼 시원하게 씻기기를 바랐지만, 그것이 너무나 부질없는 헛된 희망이라는 것을 절감했다. 자신이 아무리 신진 인사들을 등용하여 정치를 개혁하려고 하여도, 그것을 이각과 곽사가 외면하니 아무것도 되는 일이 없었다.

더구나 천자를 차지한 이각은 행여나 자신이 곽사를 도울 것을 염려하여 감시하고 있는 상황이었다.

"이러다 내 목숨마저 위험하겠구나."

그때 집무실 밖에서 익숙한 음성이 들려왔다.

"안에 계시는가?"

"들어오세요."

집무실의 문이 열리면서 안으로 들어선 이는 가후의 형인 가채(賈綵)였다. 그는 황실의 재정과 전매 업무를 담당하는 소부(少府)의 책임자이기도 하였다.

가후는 안으로 들어오는 형을 공손히 맞이하였고, 이내 두 사람은 작은 서탁을 사이에 두고 마주 보며 앉았다.

"형님께서 이 시간에 웬일이십니까?"

"아우님, 혹여 서서라고 아시는가?"

"서서? 그자가 누굽니까?"

그러자 가채가 상체를 앞으로 살짝 숙이더니 낮은 소리로 말했다.

"얼마 전에 흠차관이 임명한 예주자사이네."

"예! 그런 일이 있었습니까?"

가후는 자신도 모르게 그런 중요한 인사가 단행되었다는 사실에 놀라고 말았다.

그러면서 한편으로는 이런 현실을 인정해야만 하였다. 조정을 장악하기는 하였지만 극도로 혼란한 시기라 지방관의 임명은 엄두조차 내지 못하고 있는 실정이었고, 그런 현실에 침통하게 표정이 변해갔다.

그의 형 가채 또한 작금의 현실을 알기에 곧바로 흠차관에 대한 이야기를 이어갔다.

"혹여 흠차관에 관한 것을 아시는 것이 있는가?"

"소문에는 흠차관이 공명정대하다고 들었습니다. 그런 자가 임명한 서서라면 필시 예사 인물은 아니겠군요?"

"솔직히 말하면 예주자사 서서는 나와 동문이네."

"오! 수경 선생님의 제자였군요. 그럼 믿을 만한 자로군요."

가채는 자신의 동생이 흠차관을 나쁘게 받아들이지 않는 것으로 파악하여 소매 속으로 손을 넣었다.

그러더니 관복에서 한 통의 서신을 꺼내면서 속삭이듯이
말했다.

"이건 서서가 내게 보내온 서신이네. 아니, 정확히는 흠차관
이 자네에게 보내는 밀서라네."

"밀서! 이런 것을 어떻게 받으셨는지요?"

"오늘 등청하기 전에 웬 사내가 찾아와서 이걸 전해주었다
네. 그러면서 서서의 얘기를 해주었다네."

"그럼 그자는 지금 어디에 있는지요?"

"우선 그 밀서부터 읽어보시게."

그러자 밀서를 읽어가던 가후는 서신을 보낸 이가 진짜로
흠차관이란 것을 알게 되었다.

수현은 가후에게 만나고 싶다고 청하였고, 그것을 받아들
인다면 저택의 마당에 비단을 널어서 말리라고 하였다.

"형님, 흠차관이 자신을 만나고 싶거든 마당에 비단을 널어
두라고 하는군요."

"비단을 말리는 것이야 비가 그치면 예사로 하는 일이 아닌
가. 그보다 그를 만나볼 것인가?"

"어찌해야 할지를 모르겠습니다."

"만나보시게. 그자가 하는 말을 들어서 나쁠 것은 없지 않
겠나?"

그러자 말없이 고민에 잠기는 가후였다.

그러는 사이에 쏟아져 내리던 비는 그쳤고, 먹구름 사이로 햇살이 나타났다.

마침내 결정을 했는지 가후가 형을 바라보며 입을 열었다.

"알겠습니다. 흠차관을 만나보겠습니다."

"잘 생각하시었네. 그럼 나는 이만 가네."

자신의 형이 밖으로 나가자, 이후부터 가후는 잠시도 마음이 안정되지 않았다.

흠차관이 누군지는 이미 소문으로 무수히 들었기에, 자신을 만나자고 하니 좀처럼 진정이 되지가 않았다.

그렇게 시간을 보내다 퇴청하여 자택에 들어선 가후는 하인들에게 일러 마당에 비단을 널어 말리라는 지시를 했다.

가후의 집안 하인들은 오늘 비가 왔기에 그런 말을 대수롭지 않게 생각하고 그의 지시에 따랐다.

*   *   *

그날 밤.

가후의 저택 인근에 위치한 객잔.

수현의 일행들은 가후의 집 마당에 비단이 널리자 향후의 계획을 심도 있게 나누는 중이었다.

"비단이 널렸으니 가후가 우리를 만날 의향이 있다는 것은 확인이 되었다."

"각하, 그자를 어떻게 만나실 건지요? 감시가 삼엄하다고 합니다."

의동생 조운의 물음에 수현은 자신의 계획을 밝혔다.

"가후가 매일 걸어서 등청한다고 하였지?"

"그렇습니다."

"그자가 등청할 때 상인으로 변장하여 접촉하려고 한다."

수현의 그런 말에 이번에는 장합이 조심스럽게 말했다.

"가후 그자가 각하를 따르겠다고 하여도 마땅히 그를 빼낼 방법이 없습니다. 감시가 삼엄한지라 쉽지 않을 듯합니다."

"저도 그 점이 염려가 됩니다."

태사자가 그런 장합의 말에 동의를 하자 객실의 분위기는 눈에 띄게 가라앉았다.

수현도 가후를 어떻게 빼내야 할지가 걱정이 되었고, 그 때문에 자신도 모르게 군사 유엽에게로 시선이 향했다.

수현의 그런 모습에 자연스럽게 나머지 조운, 태사자, 장합, 감녕, 허저 역시 그에게로 시선을 주며 기다리는 눈치가 역력하였다.

그런데 유엽은 마치 이런 일을 예상이라도 한 듯 일말의 고민도 없이 즉답을 제시했다.

"가후를 빼내는 것은 크게 걱정할 일이 아닙니다."

"좋은 방안이라도 있는가?"

"각하께서 정서장군 마등에게 서신 한 통을 보내시면 됩니다. 내용은 일전에 말씀드린 대로 하시면 될 것입니다."

"장안을 공격하라는 것을 말하는 것인가?"

"그렇습니다. 마등이 장안을 공격한다면 모든 시선이 그에게로 쏠릴 것이고, 그 틈에 가후를 빼내서 장안을 벗어나는 것입니다."

유엽의 그런 말에 수현은 고개를 살며시 끄덕거렸다.

지금 유엽은 흠차관에게 성동격서(聲東擊西)의 계책을 알려준 것이다. 하지만 마등을 움직이는 것은 말처럼 결코 쉽지가 않다고 보는 수현이었다.

"마등은 이각과 곽사에게 항복하였다고 들었네. 그런 자를 어떻게 움직이게 할 것인가?"

"역적 동탁이 죽자 조정을 장악한 곽사와 이각에게 순복한 마등입니다. 그 대가로 마등은 정서장군으로 승차하여 현재 미오성에 주둔하고 있습니다. 그러나 마등은 야망이 큰 자입니다. 그러니 아무리 허울뿐인 천자라 할지라도 탐이 날 것입니다."

"천자를 이용하겠다는 것인가? 이곳에 오기 전에 하였던 말과는 다르군."

"저도 이곳에 도착하여서야 실상을 파악하였습니다. 각하께서는 공주 전하를 곁에 두고 계십니다. 그러니 굳이 위험을 감수하면서까지 천자를 빼낼 필요는 없다고 봅니다. 그저 마등에게 곽사와 협력하여 이각의 손아귀에 있는 천자를 빼내라고 충동질하는 것이 상책인 것 같습니다."

"모두의 생각은 어떠한가?"

그러자 유엽의 계획을 들은 이들 또한 굳이 위험을 감수하면서까지 천자를 구할 필요가 없다고 말했다.

수현은 원래의 역사대로 촉한(蜀漢)의 유비를 섬겼던 조운이라면 반대를 할 것이라고 예상했었다. 그런데 그마저도 유엽의 계획에 동조하는 것이었다.

후한 황실의 법통을 계승한 내황공주와 혼인하고, 아들 조통을 낳은 것 때문에 반대하지 않는 듯했다.

수현은 유엽의 계책대로 따른다면 충분히 성사시킬 수 있을 것이라고 보았다.

다만 한 가지가 마음에 걸려 입을 열었다.

"마등을 만나 이런 계획을 실행에 옮길 사람이 필요하다. 누가 가겠는가?"

"제가 계책을 진언하였으니 응당 제가 가야겠지요."

"그럼 자의(태사자의 자)와 준예(장합의 자) 두 사람이 유 군사를 돕도록 하게."

그러자 조운이 반대를 하고 나섰다.

"형님, 유 군사는 이곳에 있으면서 만약의 사태에 대비해야만 합니다."

"제가 가겠습니다!"

우람한 체구를 가진 허저가 당차게 말하면서 자원을 했다.

수현은 조운의 말처럼 유엽이 이곳에 남아서 자신을 돕는 것이 여러모로 낫겠다 싶어 그렇게 결정을 했다.

그런 결정이 나자 이번에는 태사자가 입을 열었다.

"저희들이 미오성으로 가는 것은 어렵지 않습니다. 문제는 가후 그자가 과연 각하의 뜻을 받아들이냐는 것입니다. 만약 그자가 거절한다면 괜히 헛걸음만 하는 것이 아니겠는지요?"

"저도 같은 생각입니다."

청주자사 감녕 또한 걱정스러운 표정으로 그처럼 말하였고, 자리에 있던 다른 이들 또한 같은 생각이라 말없이 흠차관을 바라보았다.

그러자 군사 유엽이 모두의 불안을 해소시켜 주기 위해 입을 열었다.

"먼저 가후의 의향을 타진한 후에 미오성으로 출발할 것입니다. 그러니 그 점은 심려하시지 않아도 됩니다."

"모두가 걱정하는 것을 왜 내가 모르겠는가. 하나, 모든 것을 희생하더라도 반드시 포섭해야 하는 이가 바로 가후이네.

그러니 반드시 그를 포섭할 것이네. 다들 이 점을 가슴 깊이 새겨주게."

흠차관 진수현이 그처럼 말하자 더 이상은 그런 문제를 거론하는 이가 나오지 않았다.

수현을 따르는 이들은 대체 가후가 얼마나 뛰어나기에 모든 것을 희생해서라도 포섭하고 싶다고 말하는 것인지 너무나 궁금하였다.

그들은 이토록 흠차관이 입이 마르도록 칭찬을 하니 우선은 지켜보자는 묵계(默契: 말 없는 가운데 뜻이 서로 맞음. 또는 그렇게 하여 성립된 약속)가 자연스럽게 형성되었다.

*　　　　*　　　　*

다음 날.

평소처럼 저택을 나와 등청에 나선 가후였다.

그러나 그의 평정심은 얼마 가지 않아 또다시 깨지고 말았다.

이각은 천자를 장악한 후로 하루가 멀다 하고 곽사와 치열한 전투를 벌이고 있었다.

국지적인 전투였지만 양측의 피해 상황만 두고 본다면 대대적인 전면전을 방불케 하였다. 그러다 보니 장안 성내를 분할

통치 하는 둘의 경계 지역에서는 밤낮을 가리지 않고 치열한 교전이 발생하였다.

"하아……."

현재 장안 성내의 암울한 상황을 여실히 증명해 주는 듯 사지가 절단되거나, 형체를 알아볼 수조차 없는 처참한 몰골의 사체들이 거리 곳곳에 널려 있었다. 그런 것을 보면서 탄식을 내뱉는 가후였다.

그는 처참하게 도륙당한 병사들이 어느 진영에 속하는지는 궁금하지도 않았다. 그저 천자를 서로 차지하기 위해 병사들이 밤사이에 죽어나가는 현실이 너무나 개탄스러울 따름이었다.

하지만 결코 죽은 저들에게 동정심 따위는 생기지가 않았다.

이각과 곽사는 무능력하였고, 그들의 병사들은 마치 승냥이처럼 백성들에게 난폭하게 굴었다. 그 때문에 장안 성내의 식량 가격이 급등하였고, 부모와 자식이 서로를 잡아먹는 폐륜이 만연하였다. 그리고 그런 것을 보여주는 듯 백골과 썩은 시체가 길거리에 가득하였고, 곳곳마다 악취가 진동하였다.

이런 처참한 상황인지라 죽은 병사들을 보면서 눈살을 찌푸리지만 절대 동정하지 않는 가후였다.

걸음을 서두른 끝에 간밤 전투가 있었던 지역을 벗어날 때였다.

갑자기 골목 양쪽에서 사내들이 나타났는데, 모두 4명이었고 다들 상인으로 보였다.

그런데 가후에게 다가가는 이들 중에는 흠차관 진수현이 있었다.

그는 간밤 가후의 집에 비단이 걸렸다는 것을 알게 되었다.

이에 계획대로 태사자, 장합, 허저를 미오성으로 보내기전 가후를 먼저 만나보기 위해 이처럼 변장하고 나타난 것이다.

상인들이 흠차관의 일행인 줄도 모르고 지나치는 가후였다.

"대인!"

가후는 그들을 지나치고 얼마 가지 않아 누군가의 부름에 몸을 돌려 바라보았다.

상인으로 보이는 사내들이 등짐을 지고 다가오는 것을 보았지만, 설마 저들이 흠차관과 그 일행들이라고는 전혀 예상하지 못한 그였다.

"나를 불렀는가?"

"저희들은 장사치인데, 이곳이 초행인지라 포구로 가는 길을……."

상인으로 변장한 수현이 길을 알려달라고 하면서 그에게 다가갔다.

가후는 아무런 의심 없이 수현이 다가오는 것을 지켜보았다.

수현은 지근거리에 도달하자 음성을 낮추더니 빠르게 말했다.

"내가 흠차관이네. 반갑네."

"아!"

"내일 등청할 때 수레를 이용할 수 있도록 준비를 해주게. 혹여 누가 묻는다면 죽간을 옮기기 위함이라고 둘러대면 될 것이네. 감시가 있을지 모르니 이만 가야겠네."

"알겠습니다."

"포구가 저쪽 방향이군요. 감사합니다. 대인."

"감사합니다, 대인!"

"어서 가세!"

가후는 마치 진짜로 자신에게 길을 물은 것처럼 감사의 인사를 남기고 떠나가는 그들을 멍하니 바라보았다.

일진광풍(一陣狂風)처럼 순식간에 나타났다가 사라진 흠차관이었다. 그러니 설령 감시자들이 이런 광경을 보았다 하더라도, 자신이 흠차관을 만난 것을 파악하지는 못했을 거라고 생각이 들었다.

황궁을 향해 다시 길을 걷는 가후는 거칠게 심장이 요동치는 것이 느껴질 정도로 흥분이 되었다.

조당에서 간단하게 조회를 주관한 가후였지만 한시도 마음이 편치 못했다. 눈에 보이지는 않지만, 어디선가 자신을 감시하는 자들이 있을 거라는 생각이 들자 등골이 서늘해졌다.

흠차관을 만난 다음 날.

전날 퇴청한 가후는 평소와 달리 하인들에게 수레를 준비하라는 지시를 하였다.

그리고 날이 밝자 관복을 차려입고 저택의 대문을 나섰는데 우차(牛車)가 준비되어 있는 것이 보였다.

그런데 놀랍게도 수레에 앉아 있는 이가 어제 보았던 흠차관이었다.

"대인, 말에 오르시지요."

평소에는 걸어서 등청하는 가후였다.

하지만 집안 살림을 맡아왔던 총관이 어디서 구했는지 눈치 있게 말까지 준비를 해두었다.

가후는 덤덤한 모습으로 말에 올랐다. 하지만 지금 그의 머릿속은 상당히 복잡하였다.

'설마하니 흠차관이 마부가 되어 나타날 줄이야……'

가후는 자신이 상상조차 하지 못한 일을 꾸미고 있는 수현에게서 엄청난 충격을 받았다.

첫째 날에는 떠돌이 상인으로 나타났었다. 그리고 오늘은 하잘것없는 수레를 끄는 마부로 나타난 흠차관이었다.

가후는 보는 눈들을 의식해 수현을 바라보지도 않고 말했다.

"그만 가자."

"예, 이럇!"

덜컹!

수현은 천천히 수레를 몰아갔고, 그런 그를 곁눈질로 살피는 가후는 만감이 교차했다.

이각이나 곽사는 자신을 두려워하여 결코 가까이 두려고 하지 않았다.

그것은 비단 두 사람뿐만이 아니라 자신을 아는 대부분의 사람들이 그를 피하려고 하였다.

실제로 몇 년 후에 헌제(獻帝)는 낙양으로 또다시 천도를 결정하게 되었다.

낙양으로 향하는 도중 이각과 곽사가 황제에게 반하여 반역을 일으켰다.

우여곡절 끝에 조조에게 구함을 받은 헌제였지만, 이후부터는 사실상 이름만 후한의 황제였을 뿐 아무런 권한이 없었다.

그때 가후 또한 헌제를 호종하였다.

그러나 모두들 그를 거북스럽게 생각하자 단외에게 의탁하였다. 하지만 단외 역시도 가후를 두려워하였기에 어쩔 수 없이 장수를 따르게 되었다.

장수 밑에서 조조와 전투를 치르던 가후는, 더 이상은 버틸 수 없다고 판단했다.

그에 장수에게 귀순하라고 권했고 그런 의견을 받아들인 장수는 조조에게 귀순했다.

그러지 않아도 가후에게 호되게 당한 조조는 두 사람을 극진하게 우대하였다.

이렇듯 가후는 주변 사람들에게 두려움을 심어줄 정도로 뛰어난 인물이었다.

너무나 뛰어났기에 모두가 회피하였던 가후였다.

그런데 조조가 그런 그를 받아들였고, 그때부터 조조를 섬기면서 수많은 계책을 제시한 가후였다.

'모두가 나를 두려워하며 피하는데, 오직 흠차관만은 나를 귀히 여기는구나……'

가후는 흠차관이 자신에게 밀서를 보내고, 상인은 물론이고 이처럼 천한 마부의 행색으로 나타난 것이 무슨 이유 때문인지 충분히 알 수 있었다.

그 모두가 오로지 자신을 만나기 위함이니 가슴이 벅찰 정도로 크게 감동을 받았다.

'그래! 흠차관이라면 내가 섬길 수 있겠구나!'

가후는 그렇게 결심이 서자 불안하였던 마음이 어느 정도 안정이 되어갔다.

비록 흠차관을 만난 시간은 고작 이틀밖에 되지 않았지만, 그동안 소문을 통해서 그가 어떤 인물인지는 파악한 가후였다. 그러기에 단기간에 그런 결심을 할 수 있었던 것이다.

가후는 조당에서 간단히 조회를 마치고, 자신의 집무실로 돌아와서 숨을 깊게 들이마셨다.

후하~!

후아~!

떨리는 가슴을 애써 진정시키며 문고리를 잡아당겼다.

덜컹!

집무실 문이 열리자 그를 기다리고 있던 흠차관 진수현이 보였다.

가후는 전각의 복도를 잠시 두리번거리다 안으로 들어가더니 문을 굳게 닫았다.

그러고는 수현을 향해 공손히 절을 올렸다.

"정식으로 문후 올리겠습니다. 존귀하신 흠차관 각하를 뵈옵니다. 상서령 가후라 합니다. 자는 문화를 쓰고 있습니다."

"반갑소이다. 이제야 그대를 만나게 되었구려."

수현은 입가에 환한 미소를 만들면서 가후를 바라보았다.

'제갈량에 필적할 만한 유일한 사람을 이렇게 만나게 되었구나!'

쿵쾅!

쿵쾅!

수현은 심장이 거침없이 뛰는 소리가 들릴 정도였다.

오로지 가후를 만나겠다는 일념 하나로 이토록 멀고도 먼 길을 왔다.

마음 같아서는 당장 자신의 속내를 밝히고 싶었지만, 행여나 실수라도 하여 그의 마음을 얻지 못할까 봐 조심스럽기만 하였다.

서로 인사를 나누고 자리에 앉자 먼저 말하는 수현이었다.

"그대를 감시하는 자들이 있었다는 것을 알고 있네."

"제 처지가 이러한지라 각하를 뵐 면목이 없습니다."

"괜찮네, 그게 자네의 잘못은 아니지. 그보다 자네를 빼낼 계획을 세워보았는데 들어보겠는가?"

"경청하겠습니다."

"미오성에 주둔하고 있는 정서장군 마등에게 이곳을 공격하라고 할 것이네."

가후는 호랑이를 이용하여 늑대를 잡는다는 구호탄랑(驅虎呑狼)의 계책을 듣게 되자 고개를 끄덕거리며 감탄했다.

어제 자신 또한 장안을 무사히 탈출하려면 마등을 이용해

야 한다고 생각했었다. 그러기에 자신과 같은 생각을 한 흠차
관이 보통 인물이 아니라고 재차 확신이 들었다.

"각하의 계책이 참으로 절묘합니다. 마등은 탐욕스럽습니
다. 그러니 분명 천자를 차지하기 위해서라도 각하의 뜻에 따
를 것입니다."

"솔직히 말하면 그 계책을 제안한 이는 따로 있었다네."

"그렇습니까! 누군지 궁금하군요."

"유엽이라고 하는데, 조만간 만나게 될 것이네. 그보다 마등
을 움직이려면 누군가 그를 만나야만 한다네. 어떻게 하면 좋
겠는가?"

그런 물음에 가후는 자신을 시험한다고 여겼다.

수현은 제갈량에 대적할 유일한 인물인 가후가 과연 무슨
방안을 제시할지 너무나 기대되어 물끄러미 바라보았다.

흠차관 진수현의 시험에 마치 물이 흐르듯 막힘없이 계책
을 내놓기 시작하는 가후였다.

"명분을 제공해 주어야 합니다."

"자세히 말해보게."

"죽은 역적 동탁이나 지금의 이각과 곽사는 매한가지입니
다. 그러니 마등에게 그 둘을 처단하라고 하는 것입니다. 그
런 명분을 제공해 준다면 마등은 필시 군을 이끌고 올 것입니
다."

"그럼 마등에게 누구를 보내야겠는가?"

"부친의 도움을 받고자 합니다."

그러면서 가후는 부친에 대해 설명을 해주었고, 그의 설명이 끝나자 수현은 자리에서 일어났다.

그러자 가후 또한 자리에서 일어났다.

수현은 가후에게 다가가더니 그의 손을 덥석 부여잡았다.

"문화 공! 진심으로 고맙게 생각하네! 그대가 나를 도와준다니 천군만마를 얻은 것보다도 기쁘게 생각하네!"

"저 역시 각하를 섬기게 되어 기쁘기 한량없습니다."

"고맙소이다! 그럼 마등에게 보낼 밀서를 준비해 주시겠소?"

"알겠습니다."

가후는 곧바로 부친에게 전하는 한 통의 밀서를 작성하기 시작했다. 그러면서 자신의 집안 살림을 맡아보는 총관이라면 부친에게 은밀히 전할 수 있다며 말했다.

그렇게 순식간에 밀서를 완성한 가후였고, 수현은 그것을 지켜보면서 말했다.

"한동안 자네 곁에서 지내려면 적당한 관직이 필요할 것 같네."

"상서시랑이 어떻겠는지요?"

"그리 알고 있겠네."

내조의 수장인 가후의 직책이 상서령(尙書令)이었다.

그런 그를 곁에서 보좌하는 상서시랑이라면 적당하다는 생각에 받아들이는 수현이었다.

가후는 그렇게 결정이 나자 부친에게 밀서를 보냈다.

그의 부친은 퇴임한 경기장군 가습이었다. 그는 낙향하여 양주(凉州) 무위군(武威郡)에서 안락한 노후를 보내고 있었다. 그러던 중에 아들 가후의 밀서를 받자, 마등이 주둔하고 있는 미오성을 찾아가게 되었다.

*   *   *

며칠 후.

상서령(尙書令) 가후는 부친에게 밀서를 보낸 후 장안을 탈출하기 위해 은밀한 준비에 들어갔다.

가후는 먼저 자신의 형인 가채를 청주자사에 임명하였다.

기존에 감녕이 청주자사에 있었다. 그러나 흠차관이 자신의 곁에서 도와달라고 부탁을 하자 흔쾌히 그런 결정을 내렸다.

그렇게 가채는 임지를 향해 길을 떠나게 되었다.

이각이나 곽사는 오로지 가후만을 신경 쓰며 감시하였다. 그러기에 청주자사에 가채가 임명된 것에는 관심조차 두지를 않았다. 아니, 잠재적으로 위험하다 여기고 있었던 가후의 식솔 하나가 장안에서 정반대에 있는 청주로 간다고 하자 오히려 환영하는 분위기였다.

그렇게 가후는 먼저 형의 식솔들을 장안에서 탈출시키는 것에 성공하게 되었다.

그런 후에 평소 곽사와 이각에게 반감을 품고 있었던 양봉(楊奉)을 은밀히 찾아갔다.

양봉은 장안의 수비를 담당하는 북군(北軍)의 최고 지휘관인 중위(重尉)를 겸직하고 있는 홍의장군(興義將軍)이었다.

지금이야 양봉이 장군으로 불리지만, 본래 황건적의 잔당들로 구성된 백파적(白波賊) 출신이었다. 그러다 보니 황건적 출신인 양봉이 수도 장안의 수비를 담당하는 북군의 수장이 된 것만으로도 세간에서는 그가 운이 좋아서 출세하였다고 수군거렸다.

하지만 또 다른 관점에서 양봉을 살펴본다면 그가 대단한 야심가라는 것을 알 수 있었다.

이각과 곽사가 헌제를 차지하기 위해 첨예하게 대립하던 때였다.

이각이 곤경에 처했을 때 그를 구한 일이 있었던 양봉이었고, 그 덕에 이각은 위기에서 벗어나 헌제를 탈취하기에 이르렀다.

그 후 이각은 자신을 구해준 양봉을 북군의 책임자로 임명하였지만, 그가 황건적 출신이란 것이 꺼림칙하여 중용하지는 않았다.

그렇게 이각을 구해주었다는 이유로 북군의 지휘관이 되었던 양봉이었다.

그는 지휘관에 임명되자 장안성의 북쪽 지역에 병영을 마련하고, 연일 곽사와 치열한 전투를 치르는 중이었다.

하지만 호기롭게 시작하였던 일이 뜻하지 않게 족쇄가 되어 돌아왔다. 하루에도 수십 명씩 죽어나가는 소모전이 계속되다 보니 양봉은 답답할 뿐이었다.

쾅!

쾅!

양봉이 사령봉으로 거칠게 서탁을 내려치며 고성을 내질렀다.

그는 막사에 모인 군관들을 바라보면서 불만을 토로(吐露: 마음에 있는 것을 죄다 드러내어서 말함)했다.

"간밤에 전사자가 백이 넘었다는 것이 말이 되는가! 대체 병사들의 훈련을 어떻게 하는 것이야!"

"장군, 어제 발생한 전사자들은 모두 동관에서 발생하였습니다. 이 점을 감안하셔야 합니다."

"그게 무슨 소리야!"

양봉은 마치 동관(東關)에서 발생한 전사자가 당연하다는 투로 말하는 송과를 노려보았다.

송과는 군에서 사무를 보는 군리(軍吏)였고, 양봉이 어려운 일이 있을 때면 조언을 구하는 핵심 참모였다.

"며칠 전에 동관이 적들의 수중에 넘어갈 정도로 위태로웠습니다. 그때 많은 전사자가 생겼고, 그들을 보충하기 위해 신병들이 투입되었습니다. 그러다 보니 적들이 우리의 취약한 점을 간파한 듯합니다."

"그럼 어찌해야겠는가?"

"믿을 만한 장수를 보내 신병들을 훈련시키는 한편 관문을 지켜야만 합니다."

"서황!"

양봉은 믿을 만한 장수를 거론하자마자 일말의 망설임도 없이 서황(徐晃)을 호명했다.

원래의 역사대로라면 서황은 지금의 양봉을 따르다가 조조에게 귀순했다. 그 후로 문무를 겸비한 서황은 숱한 전공을 세웠고, 말년에 양평후(陽平侯)에 오르기도 하는 뛰어난 인물이었다.

그러나 지금은 이제 갓 약관을 넘긴 젊은 기병대장인 기도위(騎都尉)였다.

서황은 젊은 나이답지 않게 과묵하고 신중한 성정으로 알려져 있었고, 자리에서 일어나 사령관 양봉을 바라보았다.

"그대에게 병사 오백을 내어주겠다. 어떻게 해서든 반드시 동관을 사수하라! 만약 그곳을 잃으면 군법으로 엄히 다스리 겠다!"

"명을 받들겠습니다."

군법을 거론하는 것이 어떻게 보면 흔한 일이겠지만, 실상 은 서황을 꺼림칙하게 여기는 양봉의 시기심에서 그렇게 모질 게 말한 것이었다.

현재 이각의 군대는 장안성의 북문과 동관을 차지하고 있 었다.

당연히 이각을 섬기는 양봉은 동관의 중요성을 어느 누구 보다도 잘 알고 있었다.

장안성에서 내륙으로 진출할 수 있는 관문은 두 곳이 있었 다.

하나는 진(秦)의 시황제 때 위수(渭水)와 여러 현(縣)을 연결 한 운하였다.

그리고 나머지 하나는 육로를 통해 내륙으로 진출할 수 있 는 동관이었다.

곽사와 치열한 교전을 벌이고 있는 이각이었고, 당연히 양 측은 막대한 물자를 소비할 수밖에 없었다.

병사들이 먹고 마시는 것은 물론이고, 각종 병장기들이 필 요한 두 진영이었다. 그러다 보니 위험한 지역이라는 것을 알면서도, 일확천금을 노린 상인들에게 있어 장안성은 노다지 광산이나 다름이 없었다.

그런 지리적 이점 때문에 곽사는 호시탐탐 이각이 장악한 장안성의 북문과 동관을 노렸다.

서황은 자신에게 동관의 수비를 책임지라는 양봉의 지시에 군말 없이 막사를 나갔다.

'저놈이 인사도 없이!'

양봉은 아무리 좋게 봐주고 싶어도 서황의 저런 과묵함이 너무나 싫었다. 마치 자신을 상관으로 인정하지 않겠다는 듯한 그런 행태를 보이는 서황이 전혀 달갑지가 않았다.

'네놈이 아무리 잘난 척해봐야 소용없을 것이다. 어차피 동관에 처박아두면 곽사의 병사들이 알아서 처리하겠지.'

껄끄러운 서황에게 동관의 수비를 책임지라고 하였기에 그동안 앓았던 이를 빼버린 것처럼 상쾌한 기분이 드는 양봉이었다.

그때였다.

사령관 막사의 경계를 책임지는 하급 군관이 안으로 들어오더니 절도 있게 군례를 했다.

"무슨 일이냐?"

"상서령께서 오셨습니다."

"뭐! 그분이 갑자기 왜?"

"장군, 어서 밖으로 나가서 맞이하셔야 합니다."

군리(軍吏) 송과의 말에 양봉은 자리에서 일어나 황급히 막사 밖으로 나갔다.

그러자 뒷짐을 진 채로 먼 산을 바라보고 있는 가후의 등이 보였다. 조심스럽게 다가가서 허리를 숙여 보이는 양봉이었다.

"대인, 소장 양봉이옵니다. 기별도 없이 이곳에는 무슨 일이신지요?"

"군문을 점검하는 중이었다네."

그런 말에 양봉은 무언가 이상함을 느낀다.

분명 관복 차림의 가후였는데 거느린 속관이라고 해봐야 딸랑 한 명이 전부였다. 아무리 생각을 해도 시찰은 아닌 것 같았다.

양봉은 지금 가후와 동행한 관리가 실상은 흠차관이라는 것을 파악하지 못했고, 그저 뜬금없는 가후의 방문에 숨겨진 의도가 있을 거라고 보았다.

그러자 양봉은 자신을 돕는 책사나 다름없는 송과만을 남게 하더니 주변을 물렸다. 가후는 그제야 막사 안으로 들어가 북군의 사령관 양봉과 마주 앉았다.

"저자는 누구인가? 내 자네에게 긴히 할 얘기가 있네만."

"여기 있는 자는 제 수족이나 다름없습니다. 그러니 말씀하서도 됩니다."

"군리를 맡고 있는 송과라고 합니다."

가후는 공손하게 인사하는 송과를 잠시 바라보다 입을 열었다.

그리 길지 않은 시간 동안 양봉과 은밀하게 얘기를 나눈 가후였지만, 그가 막사를 떠난 후에 남겨진 충격적인 여운은 쉽게 사라지지가 않았다.

얼마나 시간이 지났는지는 몰랐지만, 깊은 상념에 빠져 있었던 양봉이 입을 열었다.

"이보게, 저분의 말을 믿어도 되겠는가?"

"장군, 작금의 곽사와 이각은 모두 상서령께서 만들었다고 해도 과언이 아닙니다. 이제 장군에게도 웅비할 수 있는 기회가 찾아온 것입니다! 더구나 미오성에 주둔하고 있는 마등 장군을 포섭했다고 하지 않습니까! 이는 일이 거의 성사된 것이나 다름이 없습니다!"

"자네의 말은 상서령에게서 연락이 오면 거병을 하자는 뜻인가?"

"그렇습니다! 이번 기회를 반드시 잡으셔야 합니다!"

"기회라……."

송과의 말을 들은 양봉은 온몸이 짜릿할 정도로 전율이 일었다.

양봉 또한 오늘날의 곽사와 이각을 만든 이가 가후란 것을 알고 있었다.

그런 가후가 자신을 찾아와서 그 둘을 정리하자고 말하였다.

감히 상상조차 하지 못했던 일을, 마치 대수롭지 않은 일처럼 말해버린 가후였다.

'두 사람을 정리해야만 지금의 혼란을 끝낼 수 있네.'

양봉은 자신에게 그처럼 말한 가후의 모습이 자꾸만 눈에 아른거렸다.

'그래! 나라고 해서 저 두 놈보다 못한 것이 없었다. 내가 천자를 차지했다면 동탁처럼……'

양봉은 마치 달콤한 꿀을 먹는 듯 앞날을 상상해 보았다. 자신이 곽사와 이각을 정리만 하면 동탁처럼 천자를 차지할 수 있겠다 싶었다.

한편, 막사를 나온 수현은 황궁으로 향하는 가후를 바라보며 입을 열었다.

"양봉을 이용하여 둘을 치는 것은 차도살인지계인가?"

"도적놈 출신인 양봉에게 분탕질을 쳤으니 몸이 근질거릴 겁니다. 각하께서는 어부지리만 노리시면 될 것입니다."

"하하하, 역시 그대는 계책을 실행하는 것이 너무도 자연스럽군."

"감사합니다."

"그럼 이제부터는 양봉까지 가세한 삼파전이 되겠군."

"아닙니다, 마등은 필시 군을 이끌고 올 것입니다. 그리되면 사파전이 됩니다. 천자를 노리는 자들이 많을수록 이곳을 벗어나는 것이 한결 수월해질 것입니다."

"그렇군, 참으로 볼만하겠군."

수현의 말에, 가후는 입가에다 엷은 미소를 띠웠다.

가후는 도적 출신인 양봉의 탐욕을 자극했고, 예상대로 그는 너무나 쉽게 이각에게 반하는 깃발을 들기로 결심했다.

제7장

구호탄랑지계(驅虎呑狼之計)

미오성!

역적 동탁이 장안으로 천도한 뒤 성의 서쪽 250리 밖에 있는 미현에 지었다는 요새다.

동탁이 미오성을 축조한 이유는 후일을 위해서였다. 그는 미오성을 세우면서 말하기를 '천하에 웅거하려는 계획이 실패할 경우 성을 지키면서 늙겠다'고 하였다.

동탁은 그런 계획을 실현하기 위해 모두 25만 명을 동원하였고, 천자가 있는 장안성과 높이가 같도록 하였다. 하지만 미오성에 지은 건물은 오히려 장안성을 능가할 정도로 엄청났다.

동탁은 미오성에 30년이나 먹을 수 있는 식량과 금은보화를 쌓아두었고, 동남동녀 800명과 함께하였다.

그러나 영원할 것만 같았던 역적 동탁은 양자 여포에게 죽임을 당했고, 지금은 정서장군(征西將軍) 마등(馬騰)이 주둔하고 있는 곳이었다.

장안성의 서쪽 방위를 책임지는 이가 바로 마등이었다.

뭣 모르는 이들은 마등이 진시황제의 아방궁 같은 미오성에 주둔하고 있기에 호화로운 생활을 할 것으로 여길 것이다.

하지만 현재 마등은 극심한 군량 부족에 시달리고 있었다.

동탁이 창고마다 가득 채워두었던 식량은 이각이 곽사와 전투를 한다고 오래전에 가져갔다. 그러다 보니 미오성은 겉만 화려하고 실속은 전혀 없는 빛깔 좋은 개살구나 다름이 없었다.

마등이 여러 차례 이각에게 군량이 부족하다는 보고를 하였지만, 돌아오는 답은 자체적으로 해결을 하라는 것이었다.

딸랑!

딸랑!

한 줄기 바람에 전각의 처마 끝에 매달려 있는 풍경이 청아하게 울렸다.

인적조차 없는 전각 밖과는 다르게, 마등이 안양전(安養殿)으로 개명한 전각에는 많은 이들이 모여 있었다.

전각의 중앙 복도를 기준으로 하여 동쪽에는 문관들이 자리를 하였고, 반대편에는 갑주(甲冑: 갑옷과 투구를 아울러 이르는 말)를 제대로 차려입은 무관들이 자리를 하였다.

그리고 마등은 그런 그들을 상석에서 내려다보고 있었다.

정서장군 마등은 코가 남달리 크고, 신장은 8척에 이를 정도로 체격이 건장하고, 성정이 어질고 온후하여 많은 사람들이 공경하고 따랐다. 그런 그의 성정을 여실히 보여주는 듯 마등은 손쉽게 식량을 구할 수 있는 약탈을 금지한 상태였다. 그러다 보니 병사들에게 먹일 식량을 구하지 못해 어려움에 처해 있었다.

지금의 암담한 상황을 대변해 주는 듯 마등이 있는 전각의 분위기는 숨 막힐 듯한 고요한 정적만이 흘렀다.

전각에 모여 있는 사람들은 식량 부족을 해결할 방안이 없는지 다들 굳게 입을 다물고 있는 상태였다.

그때였다.

전각의 문이 열리더니 하급 군관이 안으로 들어와 마등에게 군례를 올렸다.

"무슨 일이냐?"

"장군, 웬 사내가 장군을 만나고 싶다면서 배첩을 가져왔습니다."

"배첩? 이리 가져오너라."

마등은 그 하급 군관이 건네준 배첩(拜帖: 남을 방문할 때에 내는 명함)을 천천히 읽어갔다. 그러면서 그는 연신 고개를 갸웃거렸다.

'상서랑 가후의 부친이 왜 내게 배첩을 보내왔을까……'

마등은 자신에게 배첩을 전해온 이가 바로 상서랑 가후의 부친 가습이란 것에 너무나 혼란스러워졌다.

지금이야 낙향하였다지만 그는 경기장군(輕騎將軍)까지 오른 인물이었다. 그리고 그의 아들은 모두가 두려워하는 가후였다. 그런 대단한 인물이 왜 갑자기 자신을 방문했는지 아무리 고민을 해보아도 도무지 알 수가 없었다.

마등은 고민 끝에 자신의 오른편에 있는 젊은 사내에게 배첩을 내밀면서 말했다.

"군사, 이걸 보게."

마등에게서 배첩을 전해 받은 이는 아직 약관도 되지 않은 앳된 소년이었다.

그의 이름은 부간(傅幹)이었는데, 마등의 장남 마초와 동갑으로 올해 열일곱이었다.

하지만 부간은 비록 나이는 어리다 하나 예리한 관찰력으로 사물을 꿰뚫어 보는 통찰력이 탁월하였다.

일례로 중평(中平) 4년(187년), 양주자사 경비(耿鄙)의 폭정을 참지 못한 이민족들이 반란을 일으켰다.

당시 열세 살이었던 부간은 부섭에게 항복할 것을 권하였다. 그러나 부섭은 아들의 말을 듣지 않았고, 이민족에 맞서 싸우다가 전사하였다.

부간은 이후 경비의 옛 부하였던 마등을 섬기게 되었다.

그 후로도 부간은 시의적절(時宜適切)한 계책을 마등에게 진언하였다. 오늘날의 마등을 있게 만든 장본인이나 다름이 없었다.

원래의 역사대로라면 훗날 부간은 조조를 섬기게 되고, 부풍태수(扶風太守)에 오를 정도로 능력을 인정받았다.

마등은 배첩을 읽고 자신에게 되돌려 주는 부간을 보며 물었다.

"이보게, 군사. 이게 무슨 의도인 것 같은가?"

"장군, 가습이 낙향하였다지만 상서랑의 부친이 되는 자입니다. 그런 자가 장군을 찾아왔다는 것은 예사로 볼 일이 아니라고 여겨집니다. 그러니 장군께서 친히 군문 밖으로 나가 그를 맞이하셔야 합니다."

"지금 아버님더러 군문 밖까지 나가서 퇴역한 노물을 맞이하라는 것인가!"

부간의 말에 전각이 들썩일 정도로 언성을 높이는 이는 마등의 장남 마초(馬超)였다.

하얀 피부에 곱상한 외모를 가진 마초였다.

훗날 조조가 전투 때 그런 마초의 외모에 감탄하여 금마초로 불렀을 정도로 수려한 외모를 가지고 있었다.

원래의 역사대로라면 훗날 마초는 촉한(蜀漢)을 건국한 유비를 섬기게 되고, 오호장군의 일원이 될 정도로 웅렬(雄烈: 굳세고 맹렬함)이 탁월하였다.

다만, 한 가지 흠이라면 마초가 어려서부터 주위에서 떠받들여지다 보니 사람들의 말을 무시하는 경향이 강했다.

지금도 그러했다.

아무리 마초가 마등의 장남이라 하여도 지금 있는 곳은 공무를 처결하는 전각이다. 그렇기에 공사(公私)를 명확하게 구분할 줄 알아야만 했다.

그런데 지금 마초는 전혀 그러지를 못하고 있었다. 분명 천지 분간을 못할 정도로 어리석은 마초가 아니었다. 그럼에도 불구하고 이처럼 부간에게 화를 내는 것에는 그만한 이유가 있었다.

영제 말기인 184년에, 양주자사 경비(耿鄙)가 실정하여 원성이 자자하였다. 이에 한수(韓遂), 왕국(王國)이 강족, 저족들과 함께 반란을 일으켰다.

이때 마등과 부섭은 토벌병에 가담하게 되었다.

마등은 군종사가 되어 공을 세워 군사마가 되었다.

그러나 안타깝게도 부섭은 고군분투 끝에 전사하고 말았다.

이후 마등은 부섭의 어린 아들 부간을 친자식처럼 보살펴주었고, 그의 총명함에 감탄한 마등이 부간을 행군사마(行軍司馬)에 임명하여 자신을 보좌하게 하였다.

마초는 어린 시절부터 부친이 부간만을 위하는 것이 못마땅했다. 그런 유년시절을 보내다 보니 마초는 부간과 상당히 관계가 좋지 않았다.

어느덧 성년이 된 부간의 공식 직함은 군문의 대소사를 관장하는 군사였다.

그러니 아무리 마초라 할지라도 부간에게 함부로 해서는 안 되었다. 하지만 남을 배려할 줄 모르는 마초에게서 그런 것을 기대할 수는 없었다.

마등은 아들의 그런 점을 익히 알고 있었기에 급히 자리에서 일어서며 말했다.

"그만하여라, 내 직접 그를 맞이하겠다."

"아버님!"

자리에서 일어선 마등을 향해 소리친 이는 마초의 곁에 있는 아름다운 여인이었다.

마등은 하나밖에 없는 딸 마운록이 언성을 높였음에도 불구하고 화를 내기는커녕 인자한 미소를 내보였다.

"할 말이 있느냐?"

"아버님은 이곳 미현을 통치하시는 분이십니다. 아무리 상서랑의 부친이라고 하여도 그자는 아무런 관직이 없는 자입니다. 그런 자를 아버님이 직접 맞이하시는 것은 옳은 일이 아니라고 여겨집니다."

그러면서 그녀는 곁에 있는 오라비 마초를 바라보았다.

마치 칭찬을 바라는 어린 소녀처럼 눈망울을 크게 뜨고 바라보는 그녀였다.

마운록은 올해 열다섯에 빼어난 외모를 가졌다. 그러나 오라비 마초를 따르다 보니 곱상한 외모와는 어울리지 않게 빼어난 무위를 지녔다.

마등은 눈에 넣어도 아프지 않을 하나밖에 없는 딸이기에 그녀의 말이라면 대부분 들어줄 정도로 끔찍이 아꼈다.

딸의 말을 듣자 그는 다시금 자리에 앉더니 마초의 뒤에서 조용히 시립하고 있는 젊은 사내를 불렀다.

"영명(방덕의 자), 자네가 가서 그분을 영접하게."

"예! 장군!"

마초의 부장 방덕이 황급히 전각을 나가자 분위기는 다시금 고요하기만 하였다.

그런 침묵 속에서 부간은 자신의 미래를 곰곰이 생각하며 마등을 바라보았다.

'저분이 나를 보살펴 주셨고, 귀히 여겨주시지만… 과연 그의 아들도 나를 인정해 줄지……'

마초를 떠올리며 그런 생각을 하게 된 부간은 이내 살며시 고개를 흔들고 말았다.

성정이 어질고 온후한 마등이라면 모를까, 그의 아들 마초를 따를 수는 없었다고 결론을 내렸다.

'마등 아저씨, 아무래도 이제 당신 곁을 떠나야 할 것 같습니다.'

열일곱의 마초가 벌써부터 이런데, 앞으로는 더욱 자신을 핍박할 것이라고 생각하는 부간이었다. 마등의 보살핌을 받은 자신이 떠나는 것은 너무나 죄송스러웠지만, 훗날을 위해서는 어쩔 수 없다고 생각했다.

그런 생각을 하자 부간은 어린 시절의 추억들이 아련하게 떠올랐다.

그렇게 감상에 젖어 있을 때 전각의 문이 열리더니 가후의 부친 가습이 나타났다. 그리고 그의 뒤를 따라 방덕이 안으로 들어왔다.

마등은 가습이 들어오자 자리에서 일어나 그에게 다가가서 공손히 인사를 했다.

"장군, 이렇게 누추한 곳으로 모시게 되어 면목이 없습니다."

"별말씀을 다 하십니다. 오히려 군문이 화려하다면 그것이 이상한 것이지요."

"그리 말씀을 해주시니 감사합니다. 이쪽으로……."

마등이 자신의 옆자리를 손으로 가리키자 그곳으로 가서 앉는 가습이었다.

가습은 아들이 보내온 흠차관의 밀서를 가져온 터라 전각에 있는 사람들이 껄끄러워 조심스럽게 말했다.

"장군, 내 장군과 긴히 할 얘기가 있습니다."

"여기 있는 사람들은 모두 제 일족이나 다름이 없습니다. 그러니 걱정 마시고 편히 말씀하시지요."

그러자 가습은 품에 간직하고 있던 붉은색 비단으로 만들어진 주머니를 꺼내 마등에게 내밀었다.

"장군, 이걸 읽어보시지요."

"그게 뭡니까?"

마등이 그 주머니를 받아 금실로 만든 매듭을 풀어냈다.

비단 주머니 안을 살펴보니 한 통의 서신이 보였고, 마등은 그것을 꺼내면서 가습을 바라보았다.

가습은 무언의 눈빛으로 설명을 요구하는 마등을 바라보며 입을 열었다.

"혹여, 흠차관 각하를 아시는지요?"

"직접 뵌 적은 없지만, 소문을 통해 알고 있습니다."

"그분께서 장군에게 보낸 서신입니다."

"아!"

마등은 소문으로만 접했던 흠차관의 서신이라고 하자 놀라며 황급히 읽어갔다.

서신을 읽던 마등은 소스라치게 놀랄 수밖에 없었다.

'이게 무슨……'

그는 자신에게 장안을 장악한 이각과 곽사를 처단하여 천자를 구하라는 서신의 내용에 엄청난 충격을 받았다.

"군사가 한번 읽어보게."

부간 또한 흠차관의 서신을 읽더니 마등처럼 놀라고 말았다.

부간은 감히 상상조차 해본 적이 없었던 일이라 갑자기 머릿속이 너무나 혼란스러웠다.

그런 그를 보게 되자 마등은 흠차관의 서신을 모두에게 읽게 하였다. 그리고는 말없이 고민에 잠겨 있는 부간을 위해 시간을 벌어주기로 했다.

마등은 한동안 가습과 함께 소소한 얘기를 나누면서 시간을 보냈다. 두 사람 사이에 오간 대화 내용의 대부분은 오늘의 주인공이나 다름이 없는 흠차관에 관한 것이었다.

"흠차관 각하께 아들이 있었다고 하셨습니까?"

"그렇습니다. 유주목 공손도의 손자가 각하의 아들이 됩니다."

"유주목이라면 황숙께서 다스렸던 곳이 아닙니까? 그러다 사위에게 자리를 양보하셨다고 들었습니다."

"제대로 알고 계십니다."

"유주목이라면 고인이 되신 황숙의 사위가 되겠군요. 유 황숙 같은 분이 그리 허망하게 세상을 뜨시다니. 참으로 안타까운 일이었습니다."

"그분의 죽음에 안타까워하지 않은 사람이 없었지요."

마등은 얘기를 듣고 흠차관이 죽은 황숙 유우의 손녀사위가 된다는 것을 파악하였다. 자신이 존경하였던 몇 안 되는 인물들 중에 유우가 있었고, 그의 죽음을 진심으로 안타까워했었던 기억이 자연스럽게 떠오른 마등이었다.

그렇게 시간을 보내던 순간이었다.

"장군."

마등은 오랜 고민을 깨고 자신을 부르는 부간을 바라보았다.

"그래, 어떻게 하였으면 좋겠느냐?"

마등은 잔뜩 기대 어린 눈빛으로 바라보았지만 반대로 가슴은 그러지가 못했다.

가습은 이제 많아야 십 대 후반으로 보이는 어린 청년에게 조언을 구하는 마등을 보고는 적잖이 놀랐다. 그러면서도 한편으로는 어린 친구가 무슨 계책을 내놓을지가 너무나 궁금하여 물끄러미 지켜보았다.

그런 것도 모르고 부간은 자신의 생각을 밝혔다.

"흠차관 각하의 뜻에 따르시는 것이 좋을 듯합니다."

"왜 그리해야 하는가? 군사는 설마 내가 누구 밑에 있는지를 잊고 있는 것인가?"

"그럴 리가 있겠습니까."

이때 마등은 이각의 휘하에 있었다.

황제의 명령을 받아 수도의 치안과 백관의 규찰을 담당하는 사례교위(司隷校尉)가 바로 이각이었다.

마등은 그런 점을 상기시켜 주어 흠차관의 뜻에 따를 수 없다는 것을 간접적으로 나타낸 것이다.

그런 사실을 알면서도 부간은 자신의 뜻을 굽히지 않았다.

"장군, 흠차관을 따르는 것은 순리입니다."

"내가 누구 밑에 있는지를 뻔히 알면서도 흠차관의 뜻에 따르라? 왜 내가 그리해야만 하는가?"

"황송하옵게도 천자께서 역적 동탁과도 같은 곽사와 이각의 수중에 있기 때문입니다. 장군! 장군께서는 이 나라의 장군이신지요? 아니면 역적 이각의 수하이신지요?"

"부간! 말을 가려 하라!"

갑자기 엄청난 고성이 전각에 울려 퍼졌다.

그러자 모두의 시선이 고성을 내지른 이에게로 쏠렸고, 그 주인공은 바로 마초였다.

그럼에도 아랑곳하지 않고 마초는 언성을 높이며 말을 이어갔다.

"네놈이 감히 방자하게 그런 말을 내뱉고도 살기를 바라느냐!"

마등에게 있어 숨기고 싶은 치부라고도 할 수 있는 것은 이각을 섬긴다는 것이다.

그런데 그런 치부를 부간이 들먹이자 모두들 화들짝 놀라는 모습이었다.

특히 마초는 벌떡 일어나 부간에게 삿대질을 하면서 마치죽일 것처럼 언성을 높였다.

당장에라도 사달이 일어날 것만 같은 전각의 분위기와는 달리, 그런 부간을 보면서 내심 감탄하는 가슴이었다.

'허, 젊은이가 보통 강단이 아니구나.'

그렇게 감탄을 하면서, 부간이 어떻게 이 위기에서 벗어나려고 하는 것인지 너무나 궁금하여 지켜보기로 하는 가슴이었다.

마등은 아들에게 참으라는 뜻으로 손짓을 하더니, 부간에게 답을 해주었다.

"군사, 당연히 나는 이 나라의 장군이네."

"그럼 저 역적들을 처단할 수 있는 기회가 왔으니 군을 움직이는 것이 순리입니다."

"나 역시 그러고는 싶지만, 흠차관을 어떻게 믿으라는 것인가? 그가 우리를 이용만 하고 버린다면 어떻게 할 것인가?"

"그것은 간단히 해결될 일입니다."

"토사구팽당할 수 있는 것을 간단히 해결할 수 있다? 어떻게 말인가?"

마등과 가습은 너무나 쉽게 그처럼 말하는 부간을 호기심 어린 눈빛으로 지켜보았다.

부간은 모두의 시선이 자신을 바라보았지만 전혀 기죽지 않은 모습으로 맞은편에 있는 마운록을 바라보았다.

'이게 제가 아저씨를 위해 마지막으로 해드릴 수 있는 일인 것 같습니다.'

부간은 자신이 마등의 곁을 떠나기 전에 그동안 보살펴 주었던 은혜를 갚을 생각으로 입을 열었다.

"장군, 혹여 선황제 폐하의 동생이신 공주 전하를 아시는지요?"

"선황제 폐하의 동생이라면……."

마등은 선황제 소제(少帝)의 동생인 내황공주를 만난 적은 없었지만 소문은 들은 적이 있었다.

내황공주가 동탁을 피해 도망쳤고, 우여곡절 끝에 지금은 흠차관이 의동생으로 삼은 조운이란 자와 혼인을 하였다는 것으로 파악하고 있었다.

마등이 자신이 알고 있는 것을 말하자, 부간은 그의 딸 마운록을 흘깃 바라보더니 말을 이어갔다.

"흠차관 각하와 장군께서 서로 사돈지간이 된다면 이런 문제는 자연스럽게 해결이 됩니다."

"오! 참으로 기발하군! 마 장군, 내 들어보니 이만한 혼처가 없는 것 같은데 어떻게 생각하시오?"

어떻게든 마등을 움직이려고 하였던 가슴에게 있어 그런 말은 불감청(不敢請: 마음속으로는 간절하지만 감히 청하지 못함)이었다. 그런데 뜻하지 않게 부간이 흠차관과 마운록의 혼사를 거론하니 이보다도 좋은 계책이 없다 싶었다.

마운록은 갑자기 자신의 혼사 얘기가 나오자 얼굴이 빨개졌다.

아름다운 외모와 달리 오라비 마초를 따르다 보니 여장부나 다름이 없는 그녀였다. 그러나 그런 그녀일지라도 자신의 혼사 얘기가 나오자 부끄럽고, 당황스러워 황급히 전각을 빠져나가 버렸다.

마등은 부간의 그런 계책을 듣게 되자 머릿속이 복잡해졌다.

'내가 흠차관의 장인이 된다면……'

그런 생각이 들자 흠차관을 두고 떠도는 소문이 떠올랐다.

마등은 소문이란 것이 의례 과장되게 마련이라고 생각했다. 하지만 흠차관을 두고 떠도는 갖가지 소문들 중 확실한 것으로 세 가지를 꼽는 그였다.

'흠차관이 무엇인가. 바로 천자를 대신한다는 것이다. 이는 결코 가벼이 볼 일이 아니었다. 더구나 요동에 확고하게 세력을 구축하였으니 그의 미래는 밝다. 그리고 마지막으로 흠차관이 젊다는 것이다.'

그렇게 세 가지를 장점으로 꼽은 마등이었다.

그런데 흠차관이 이미 혼인을 하여 자식까지 있다는 것이 마음에 걸렸다. 하지만 그런 고민도 그리 오래 가지 않아 사라졌다.

마등은 자신의 딸이 황숙의 손녀사위이면서, 요동을 통치하고 있는 흠차관과 혼인하는 것이 나쁘지 않다고 여겼다.

어차피 사내가 뛰어나면 삼처사첩을 두는 것은 흠이 아니라고 생각하였다. 그 때문에 흠차관이 혼인을 했다는 사실은 크게 문제 될 것이 없다고 보았다.

'내 딸이 흠차관의 두 번째 부인이 되어 아들이라도 낳는다면……'

마등은 자신의 딸이 흠차관의 아들을 낳는 상상을 해보았다. 만약에 그런 일이 일어난다면 자신의 입지 또한 덩달아

탄탄해질 것이라고 생각했다.

하지만 이미 흠차관 진수현에게 백제의 왕족 부여설례라는 두 번째 부인이 있다는 것을 모르는 상태였다.

그러기에 마등은 자신의 딸이 흠차관과 혼인을 하면 두 번째가 된다는 착각을 하였다.

아무튼 마등은 두 사람 사이에서 아들이라도 태어난다면 자신의 입지는 굳건해질 것으로 보았다. 그러기 위해서는 딸을 설득시켜야 한다고 생각하여 자리에서 일어났다.

"장군, 오늘은 객청에서 쉬시지요. 사안이 너무나 중차대하여 심도 있게 의논을 해야겠습니다."

"당연히 그러하셔야지요."

"제 아들놈이 객청으로 모실 겁니다."

"그럼 좋은 소식을 기다리겠습니다."

"예, 그리 오래 걸리지는 않을 것입니다."

마등은 가습이 전각을 나가는 것을 지켜보다 조용히 밖으로 나갔다. 그러고는 딸 마운록을 설득하기 위해 그녀의 처소를 찾아갔다.

*   *   *

며칠 후.

유엽은 가후를 장안에서 빼내기 위한 준비를 은밀하게 진행하고 있었다.

그는 감녕과 함께 장안성의 동관(東關) 인근에 있는 포구에서 배편을 알아보기 위해 돌아다니고 있었다.

며칠 전에 서리가 내린다는 상강(霜降)이 지났지만, 한낮의 햇볕을 맞으며 포구를 돌아다녔던 감녕과 유엽의 이마에는 구슬 같은 땀방울이 맺혀 있었다.

예상과 달리 그처럼 발품을 팔며 돌아다녔지만 소득이 없었다.

포구를 오가는 상인들이 워낙에 많은 탓에 객잔의 노지(露地: 지붕 따위로 덮거나 가리지 않은 땅)에 있는 평상에서 지친 몸을 쉬게 하고, 술로 갈증을 푸는 두 사람이었다.

탁!

유엽이 단숨에 비운 술잔을 상 위에 내려놓으면서 말했다.

"이거 배를 구하는 것이 쉽지 않습니다."

"그러게. 이러다 계획에 차질이 생길지도 모르겠어."

"홍농까지만 갈 수 있으면 좋겠는데, 어떻게 전부 장안으로 들어오는 배뿐이니 답답합니다."

그러자 감녕이 두리번거리며 주변을 살피더니 상체를 살짝 숙이면서 말했다.

"배를 구하는 것이야 시간이 지나면 가능할 것이네. 문제는 동관을 어떻게 통과하느냐야."

"저도 그 점이 우려스럽습니다. 동관 수비대장이 서황이란 자인데, 이번에 새로 부임하였다고 하더군요. 소문을 들어보니 포구 검문을 깐깐하게 한다고 합니다."

"아무래도 돌아가서 각하께 이런 사실을 말씀드려야겠네."

"그래야 할 것 같습니다."

유엽은 요동으로 돌아가는 여정을 단축하기 위해 배를 이용할 생각이었다.

당초의 계획은 배편으로 장안을 벗어난 후에 홍농에 도착하는 것이었다. 그런 후에 흑산적들이 장악한 낙양을 우회하여 숭산(嵩山)까지 가려고 했었다.

상인들이야 이익을 위해 고가의 통행료를 지불하면서까지 흑산적들이 장악한 수로를 이용하였다.

하지만 자신들은 굳이 그럴 위험을 감수할 필요가 없다고 판단하여 그런 여정을 계획했었다.

그런데 그런 계획은 실행에 옮기지도 못하고 난관에 부딪치고 말았다.

상인들은 위험을 감수하면서 배를 이용해 장안에 도착한 상황이었다. 그러다 보니 상인들은 가져온 물품을 모두 처분하기 전까지는 떠날 생각이 없었다.

물론 육로가 있다지만, 가후의 식솔들을 이끌고 육로를 통해 동관을 벗어나는 것은 말처럼 쉬운 일이 아니었다.

그러기에 감녕과 유엽은 흠차관에게 이런 사정을 알려준 후 계획을 다시 세우기로 결정을 하게 되었다.

"불쌍하군."

갑작스러운 감녕의 말에 유엽은 고개를 돌려 뒤를 돌아보았다.

그러자 객잔의 주인과 실랑이를 하고 있는 거지가 눈에 들어왔다.

유엽은 순간 거지라고 생각하였던 사내에게서 무언가 이상함을 발견하게 되었다.

그 사내의 행색은 봉두난발에 먼지를 잔뜩 뒤집어썼지만, 입고 있는 옷은 거지들이나 입을 법한 허름한 누더기가 아니었다.

그 사내는 유엽처럼 이제 갓 스물을 넘겨 보였다.

"주인장, 내 도모(소매치기)에게 당해서 그러니 밥 한 끼만 얻어먹읍시다."

"헛소리하지 말고 당장 꺼져!"

객잔의 주인과 그 사내가 실랑이를 하는 모습을 지켜보던 유엽이 자리에서 일어났다.

그런 모습에 감녕이 눈살을 찌푸리며 말했다.

"또 어려운 사람을 도우려고 하는가?"

"제가 아는 사람입니다."

"그래? 누군데?"

"자세한 것은 나중에 알려 드리겠습니다."

감녕은 형편이 어려운 사람들을 자주 도왔던 유엽이었기에 그처럼 물었다. 그런데 뜻밖의 답을 듣게 되자 덩달아 일어나 객잔의 주인에게로 향했다.

객잔의 주인은 매몰차게 그 사내의 청을 거절하며 안으로 들어가 버렸다.

"이보시오! 이보시오! 주인장!"

거지나 다름없는 행색의 그 사내가 애타게 객잔 주인을 불러보았지만 공허한 외침에 불과하였다.

그때 낙담하여 힘없이 어깨를 축 늘어뜨린 그 사내의 등을 보며 유엽이 큰 소리로 불렀다.

"이보게, 백녕(만총의 자)!"

만총(滿寵)은 갑자기 등 뒤에서 누군가 자신을 부르자 몸을 돌려 바라보았다.

그런데 오랜만에 보는 반가운 사람이 환하게 웃고 있는 것이 아닌가.

"아니! 자양!"

"반갑네, 이 사람아!"

둘은 서로에게 다가가더니 손을 힘껏 부여잡았다.

만총은 자신과 동년배인 유엽을 뜻하지 않게 이곳 장안에서 만나게 되자 환하게 웃어 보였다.

유엽이 만총과 교분을 나누게 된 것은 몇 년 전에 있었던 일이 계기가 되었다.

그러니까 유엽이 어릴 때 모친의 유언에 따라 부친이 총애하였던 시녀를 죽인 적이 있었다.

그 후 집을 떠나 노숙에게 신세를 지고 있을 때였다. 그 무렵 유엽은 많은 사람들과 교류를 가졌었는데 만총도 그들 중에 한 사람이었다.

원래의 역사에서 만총이 조조를 섬기게 된 계기도 유엽의 천거가 있었기 때문이었다. 그만큼 유엽과 만총은 서로를 인정하면서 가깝게 지냈었다.

유엽은 절친한 벗을 너무도 오랜만에 만난 것에 기뻐하며 감녕을 소개시켜 주었다.

그렇게 두 사람이 간단하게 인사를 나누자, 만총에게 지나온 일을 묻는 유엽이었다.

"자네가 독우에 있었다는 소식은 들었네만, 어떻게 연주에 있어야 하는 사람이 이곳까지 왔는가? 여기는 무슨 일로 왔는가?"

"하아……."

유엽이 그처럼 묻자 땅이 꺼져라 한숨을 내뱉는 만총이었다.

그러면서 만총은 자신이 관리들을 감독하는 독우(督郵) 직을 버리고 이곳 장안까지 오게 된 사정을 설명하기 시작했다.

연주 산양군(山陽郡) 창읍현(昌邑縣) 사람인 만총은 열아홉에 독우가 되었다.

그 후 만총은 능력을 인정받아 고평령(高平令)을 대행하였다.

참고로 후한 시대에 현령(縣令)은 1만 호 이상의 현에 파견이 되었고, 현장(縣長)은 1만 호 미만의 작은 현을 관리하였다.

그 당시 만총의 상관은 산양태수 원유(袁遺)란 자였다.

원유는 반동탁 연맹의 맹주였던 원소의 사촌 동생이었다.

원소는 자신을 돕기 위해 참전한 원유를 각별히 신임하였다. 그러던 와중에 양주자사 진온이 병사하였고, 원소는 그 자리에 사촌 동생 원유를 임명했다.

그런데 공교롭게도 이때 원술 또한 양주(揚州)를 노리고 있었다.

원술은 형주자사 유표와의 싸움에서 손견이 전사한 후, 자신도 대패하여 도망쳐야만 했었다.

그 후 간신히 병사들을 모아서 재기에 나선 원술이었고, 그가 노린 지역이 바로 양주였다.

그런데 원유가 자사가 되어 양주에 부임했다는 소식을 접하자, 원술은 그가 자신의 사촌 동생임에도 불구하고 공격하여 승리하게 되었다.

원유는 믿었던 사촌 형 원술의 공격에 패해 도망치기에 급급하였고, 따르던 병사들이 배신하여 그만 처참하게 죽임을 당했다.

훗날 조조가 평생 학문에 힘쓴 사람은 자신과 원유뿐이라고 평할 정도로 그는 뛰어난 인물이었다.

만총은 그런 원유를 보좌하기 위해 관직을 사임하고 양주로 갔다. 그런데 원유가 죽어버리자 하루아침에 갈 곳을 잃어버린 만총이었다.

원래의 역사대로라면 이때 유엽이 그를 조조에게 천거하여 등용하게 만든다. 하지만 지금의 유엽은 흠차관을 섬기고 있는 상황이었으니 그런 일은 일어나지 않았다.

그렇게 자신이 겪은 일을 모두 털어내자 허망한지 헛웃음을 내보이는 만총이었다.

"자네에게 그런 사정이 있었는지는 몰랐다네. 고생이 이만저만이 아니었겠군."

"말도 말게, 그간 떠돌이 생활을 한다고 고생한 것을 생각만 하면……."

만총은 말로는 형언하기도 힘든 떠돌이 생활이 떠올라 자신도 모르게 눈물이 고여들었다.

그런 그를 지켜보던 감녕이 궁금하여 물었다.

"이곳에 연고라도 있는 것이오?"

"제가 어렸을 때부터 알고 지낸 이가 있습니다. 이름은 서황이라고 하는데."

"잠깐! 방금 서황이라 하였는가! 이각 밑에 있는 그 서황이 맞는가!"

"그렇습니다만, 왜 그리 놀라시는지요?"

만총은 영문을 모르겠다는 표정으로 감녕을 바라보았다.

감녕은 황급히 유엽을 바라보며 무언의 눈빛을 보냈다.

그러지 않아도 장안을 빠져나가려면 배를 구해야만 했다.

설령 배를 구했다 하여도 또 다른 난관이 있었는데 그것은 동관 수비대장의 승인이 있어야만 배가 출항할 수 있다는 것이다.

그런데 그 동관의 수비대장이 바로 만총이 어렸을 때부터 알고 지냈다는 서황이었다.

그런 내막을 알게 되자 유엽이 다급하게 말했다.

"자네가 서황 그자를 만나서 우리가 장안을 떠날 수 있도록 부탁을 해줄 수 있겠는가?"

"서황 그 친구가 동관의 수비대장이라고?"

"그렇다네."

그러자 만총의 눈빛이 날카롭게 변해갔다.

유유상종(類類相從)이라 하였고, 뛰어난 유엽과 각별하게 지냈던 만총이었다.

비록 만총의 행색이 초라할지라도 그의 명석한 머리까지 덩달아 초라하게 변한 것은 아니었다.

그는 두 사람의 말에서 이상함을 느껴 물었다.

"이보게, 자양. 내게 숨기는 것이 있는가?"

"그, 그게."

"솔직히 말을 해주어야 내가 도울 수 있네."

그런 말에 순간 감녕, 유엽 두 사람은 서로의 얼굴을 마주 보았다.

"내가 너무 흥분하였네. 앞뒤 가리지 않고 도움부터 청하다니."

"아닙니다, 저 역시 다급한 마음에 실수를 하였습니다."

"대체 지금 무슨 얘기를 하는 것인가?"

만총이 답답하다는 표정으로 다시 물어왔지만, 오히려 두 사람은 답을 하지 않고 서로를 바라보며 무언의 눈빛을 교환했다.

유엽은 만총을 믿을 수 있냐는 눈빛으로 감녕이 물어오자 살짝 고개를 끄덕여 보였다.

그러자 감녕이 그를 보며 입을 열었다.

"보는 눈이 있으니 우선 저쪽으로 자리를 옮기시지요."

만총은 그런 말에 오가는 행인들이 많은 객잔의 입구를 벗어나 평상이 있는 후미진 곳으로 자리를 옮겼다.

셋은 평상에 자리를 잡고 앉아 은밀하게 얘기를 나누기 시작했다.

"백녕, 혹여 흠차관 각하를 아시오?"

"소문으로는 익히 들었습니다. 그런데 갑자기 왜 흠차관을 거론하시는지요?"

"이보게, 백녕. 실은 우리 두 사람은 그분의 휘하에 있다네."

유엽이 그처럼 말하자 얼마나 놀랐는지 제대로 말도 못 하고 멍하니 바라만 보는 만총이었다.

쪼르륵!

"먼 길을 온다고 고생하신 것 같으니, 목이라도 축이시오."

만총은 감녕이 따라주는 술을 단숨에 들이마시더니 잔을 내려놓으면서 물었다.

"보아하니 흠차관께서 장안에 있는 것 같은데?"

"사실이네."

"허! 놀랍군. 이보시게, 자양. 내가 알고 있는 것이 사실이라면 이곳은 흠차관에게 적지나 다름이 없네."

"제대로 보았네. 그러니 자네가 나를 좀 도와주게."

간단한 말이었지만 만총은 내심 놀라지 않을 수가 없었다.

흠차관이라면 소문을 너무나 많이 들었다. 그러기에 본 적도 없지만 마치 몇 년 전부터 알고 지내던 사람처럼 친숙했다.

그런데 두 사람이 그런 흠차관을 섬긴다고 하자 당연히 놀라는 그였다. 더구나 도와달라는 말에 만총은 고민이 될 수밖에 없었다.

자신은 상관인 원유를 따라 양주로 갔었지만, 원술에게 패하여 도망치는 신세가 되고 말았다. 그 때문에 이렇게 떠돌이 생활을 하는 것이다.

그나마 장안에 자신의 죽마고우(竹馬故友) 서황이 있어 그에게 신세를 지려고 이렇게 먼 길을 온 것이었다. 하지만 유엽을 돕게 된다면 자신의 오랜 친우인 서황이 난처하게 될 거란 생각이 들었다.

"이보게, 백녕."

고민에 잠겨 있던 만총은 자신을 부르는 유엽을 바라보았다.

"자네처럼 뛰어난 인재가 정처 없이 떠돈다는 것이 말이 되는가. 이참에 나와 함께 흠차관 각하를 섬겨보지 않겠는가?"

"그 말은 내 도움을 얻기 위해서 하는 말인가?"

"아! 그렇게 들릴 수도 있겠군. 오해 말게, 설령 자네가 이번 일을 돕지 않아도 나는 자네를 흠차관 각하께 천거할 생각이네. 이건 진심이네!"

"그리 말해주니 고맙네. 나도 흠차관의 소문은 익히 들었다네. 더구나 왕족인 자네가 믿고 따르는 분이시니 의심할 필요조차 없겠지. 알았네! 내 자네를 힘써 돕겠네!"

"고맙네!"

"고맙소이다!"

"아닙니다. 그만 일어나세."

무슨 생각을 하는지 만총이 입가에 미소를 만들며 평상에서 일어났다.

그러자 덩달아 두 사람도 자리에서 일어섰다. 어디를 가는 것이냐고 묻는 유엽의 물음에 의미심장한 미소를 내보이는 만총이었다.

"서황 그 친구가 동관의 수비대장이라고 하였지?"

"설마, 지금 그자를 만나러 갈 것인가?"

"흠차관 각하를 섬기기로 결정을 하였으니 응당 예물을 마련해야지. 서황, 그 친구를 만나보겠네."

그런 말에 유엽과 감녕의 표정이 환하게 밝아졌다. 만총과 서황이 어릴 적부터 친하게 지낸 동무였으니 무난하게 일이 성사될 것이라고 생각했다.

*　　　*　　　*

한편, 그 무렵 동관(東關)[1].

장안성에서 동쪽으로 380리(里) 떨어진 곳에 오악(五岳) 중 서악(西岳)으로 유명한 화산(華山)이 있었다. 그리고 그 화산의 줄기 북쪽 끝자락에 위수가 흐르고 있었고, 그곳에 장안으로 통하는 관문인 동관이 있었다.

그곳 동관의 수비대장 서황의 집무실.

하루 일과를 마친 서황이 시종의 도움을 받으면서 갑옷을 벗을 때였다.

"장군! 최 부장입니다."

"들어오게."

서황의 답에 집무실의 문이 열리더니 먹빛 갑옷 차림의 부장 최용(崔勇)이 안으로 들어왔다.

양봉의 수하인 최용은 서황을 감시하라는 밀명을 받은 상태였다. 그러기에 최용은 하루의 대부분을 서황을 감시하는 일에 시간을 할애하였다.

서황은 부장 최용이 자신을 감시하고 있다는 것을 알고 있었다. 그러나 과묵하고 진중한 성정대로 아무런 내색도 하지 않았다.

------

1) 기록을 살펴보면, 동관의 지명은 潼關, 憧關, 東關 등이 있었다. 필자는 동쪽에 있는 관문이라는 뜻과 가장 잘 어울리는 東關을 쓰기로 하였다.

서황이 젖은 물수건으로 얼굴을 닦아내면서 물었다.

"무슨 일인가?"

"장군, 혹시 만총이라는 사람을 아시는지요? 그자가 장군을 찾아왔습니다."

"뭐! 만총!"

너무나도 뜻밖의 이름을 듣게 되자 놀라는 서황이었다. 코 흘리개 어린 시절의 동무인 만총이 찾아왔다는 말에 한달음에 밖으로 나갔다.

서황이 집무실 밖으로 나가자 최용 또한 그를 쫓아 따라 나갔다.

그러자 서황이 걸음을 멈추더니 최용을 바라보며 물었다.

"왜 자네가 따라오는 것인가?"

"장군의 안전을 위해서입니다."

"되었네. 만총은 내 어릴 적 동무였네. 그러니 자네는 그만 가서 자네 할 일이나 하게."

"그래도."

"어허! 지금 상관의 명을 거역할 참인가!"

"아, 알겠습니다."

멀어져 가는 서황을 바라보는 최용은 아쉬웠지만 돌아갈 수밖에 없었다.

'설마 무슨 일이야 있겠어……'

꺼림칙하게 남아 있는 일말의 불안감을 그렇게 해소시키려고 하는 최용이었다. 그는 찾아온 이가 서황의 어린 시절의 친구라는 말에 애써 불안감을 털어내 버렸다.

자신이 서황을 따라가고 싶어도, 상관의 명령이라 따를 수밖에 없었다고 자기 합리화를 시켜 버렸다. 하지만 이때 서황을 따라가서 감시하지 못한 것이 비수가 되어 돌아올 것이란 것을 미처 모르는 최용이었다.

서황은 그렇게 부장 최용의 감시를 따돌리고 병영의 입구에 도착했다.

그러자 유유히 흐르고 있는 위수를 감상하고 있는 사내의 등이 보였다.

언제나 과묵하기만 하였던 서황이었지만 그 사내의 등을 보더니 좀처럼 보기 힘든 미소가 입가에 생겨났다.

"이보게, 만총!"

서황의 부름에 병영 밖에서 기다리고 있었던 만총이 몸을 돌려 그를 바라보았다.

두 사람은 환하게 웃으며 서로에게 다가갔고, 마치 오래전에 헤어졌던 연인을 다시 만난 것처럼 격하게 서로의 손을 부여잡았다.

"이 친구야, 이게 얼마만인가!"

"하하, 내가 관직에 나선 이후로 처음이니 얼추 두어 해는 지났나 보네."

"그러지 않아도 자네가 독우가 되었다는 소식은 들었네. 여전히 그 일을 하고 있는 것인가?"

"사정이 있어 그만두었다네."

그런 말에 서황은 더 이상 묻지 않았다.

자신에게 말할 생각이었다면 모든 것을 털어놓을 친구였지만, 굳이 자신이 친우의 아픈 곳을 건드릴 필요는 없었다 싶었다.

"아무튼 이렇게 자네를 다시 보니 반갑네!"

"자네 언제 이곳의 수비대장이 되었는가? 내 자네 소문을 듣고 이렇게 찾아왔다네. 병영 구경을 해도 되겠는가?"

"아무리 자네라 하여도 그것은 어렵다네."

부탁한 사람보다도 오히려 서황이 미안해하는 표정이 역력할 정도로 그처럼 말했다.

그런데 만총의 입가에 뜻 모를 의미심장한 미소가 걸렸다.

만총은 마치 서황이 이렇게 나올 줄 알았다는 듯한 반응이었다.

"이런, 반가운 마음에 내 그만 실언을 하였네. 마음에 담아 두지 말게. 그보다 이렇게 만났으니 회포나 푸세."

"그러지. 가세."

만총이 서황을 따라가니 병영 인근에 있는 강가에 위치한 작은 정자였다.

절벽에 위치한 정자라 강변이 한눈에 들어왔다. 그러나 딸랑 정자만 있어 황량할 정도였다.

호시탐탐 동관을 노리는 곽사와 빈번하게 전투가 발생하다 보니 번듯한 객잔이라고는 찾아볼 수가 없는 상황이었다. 번듯한 객잔이나 기루가 있는 곳을 가려면 동관에서 5리(里) 정도 떨어진 거리에 있는 포구까지 가야만 하였다.

서황은 자신이 동관의 수비대장이란 것과, 언제 전투가 발생할지 모르기에 함부로 위수지(衛戍地: 근무의 대상이 되는 일정한 구역)를 벗어날 수 없었다. 그러기에 동관 인근에 있는 강가로 만총을 데려온 것이다.

두 사람은 작은 정자에서 위수 강변에 위치한 포구를 내려다보았다.

분주히 움직이는 포구를 지켜보던 중에 먼저 입을 여는 만총이었다.

"만족하는가?"

뜬금없이 그처럼 말하자 고개를 돌려 그를 바라보는 서황이었다.

"그게 무슨 소린가?"

"자네에게 주어진 지금의 현실에 만족하느냐고 묻는 것이네."

그러자 서황은 아무런 대꾸도 없이 유유히 흐르는 위수를 바라보았다.

"자네가 무엇이 부족하여 보잘것없는 황건적 출신인 놈을 상관으로 섬긴다는 것인가. 이게 말이 된다고 여기는 것인가?"

"말이 지나치네. 아무리 그래도 양봉은 내 상관이네."

"이보게."

만총이 친근하게 부르자 서황은 다시 고개를 돌려 그를 바라보았다.

그러자 잠시 주변을 살피더니 행여나 누가 들을세라 목소리를 한껏 낮추며 말하는 만총이었다.

"혹여 흠차관을 아시는가?"

"소문으로만 들었을 뿐이네. 공명정대한 분이시라고 하더군. 그리고 타계하신 유 황숙의 손녀사위라는 것을 들었다네."

"내가 바로 그분을 섬기기로 하였다네."

"오! 드디어 자네도 제대로 된 주인을 섬길 수 있겠군."

"자네가 그분을 그처럼 생각하니, 내 솔직히 말하겠네. 나와 함께 그분을 섬기세."

만총이 그처럼 말하자 서황의 표정이 굳어져 갔다. 그러면서 지나온 일들이 자연스럽게 떠올랐다.

서황은 자신이 남들에게 아첨할 줄도 모르고, 어떤 일에 꽂히면 주변을 둘러보지 않는 단점이 있다는 것을 알고 있었다. 그런 성정 때문에 관직에 있을 때 상관에게 아부하는 자들을 소인배로 여기면서 상종하지 않았다.

그럼에도 불구하고 서황은 남을 의식하지 않고 소신껏, 앞으로도 자신이 가야 할 길을 가겠다고 다짐하면서 입을 열었다.

"자네의 뜻에 따르겠네."

"고맙네! 이렇게 흔쾌히 내 뜻을 받아주니 진심으로 고맙네!"

"아니네, 오히려 내가 자네에게 고맙다고 해야겠네."

"응? 그게 무슨 말인가?"

"나는 말일세, 언제쯤이면 명군을 만날 수 있을까 하며 수시로 고민을 했었다네. 그런데 자네 덕분에 공명정대하다고 소문이 자자한 흠차관을 섬기게 되었으니 고마울 수밖에."

"아! 그런 뜻이었는가? 그럼 흠차관을 섬기기로 하였으니 예물이 필요하지 않겠는가?"

"예물이라니?"

그러자 만총이 서황에게 다가가더니 은밀하게 속삭였다.

서황은 자신에게 상관인 양봉을 죽이자고 말하는 것에 놀라기는 했지만, 결코 그러고 싶지가 않았다.

"그까짓 공이야 앞으로 얼마든지 세울 수 있을 것이네. 그러니 그 얘기는 듣지 않은 것으로 하겠네."

"내 이곳까지 오면서 알아보니 자네와 양봉의 관계가 좋지 않다고 들었네, 그런데도 그자를 두둔하는 것인가?"

"내가 상관을 죽여 흠차관을 찾아갔다고 치세. 과연 그분이 그것을 기뻐하실까? 아니네, 오히려 상관을 죽였다고 엄하게 책하실 것이네. 만약 그분이 기뻐한다면 소문은 과장된 것이네."

"알겠네. 자네의 뜻에 따름세."

"그보다 내가 이곳의 수비대장이지만 감시하는 놈이 있다네. 앞으로 어떻게 할 것인가?"

"흠차관을 만나뵙고 계획을 세워야겠지. 자네는 그때까지 평소처럼 행동하게."

그러자 서황은 고개를 살짝 끄떡거렸다.

그렇게 두 사람은 오랜만에 만난 회포를 제대로 풀지도 못하고 헤어져야만 했다.

제8장

귀로(歸路)

그로부터 3일 후.

딱!

딱!

인적조차 없는 오경(五更: 새벽 세 시에서 다섯 시 사이) 무렵.

장안성의 고관대작들이 모여 사는 곳을, 순라꾼들이 나무 막대기를 때리면서 화재와 불을 조심하라며 순찰을 돌았다. 그들의 손에는 조족등(照足燈: 순라꾼이 야경을 돌 때 사용하던 휴대용 등불)이 들려 있었다.

딱!

딱!

순라꾼들이 내는 소리와 불빛이 점점 멀어져 가자 개천에 숨어 있었던 그림자가 움직였다.

희미한 달빛을 길잡이 삼아 재빠르게 움직이는 그림자는 모두 둘이었고, 어느새 어느 기와집 처마 밑으로 숨어들었다.

그들 중 한 사내가 길가로 나 있는 창문 틈에 끼워져 있는 줄을 잡아당겼다.

몇 차례 힘차게 줄을 잡아당기자, 이내 창문을 두드리는 소리가 들려왔다.

그러자 그 둘은 연신 주변을 두리번거리면서 경계를 했다.

잠시 후 소리도 없이 조심스럽게 대문이 열렸고, 이내 두 사람은 바람처럼 안으로 사라졌다.

잠을 자다가 나온 허저가 재빨리 주변을 살피다 그들을 따라 집 안으로 들어갔다.

허저는 집 안마당에서 기다리고 있는 두 사람 중 가후를 보면서 퉁명스럽게 말했다.

"줄을 살살 잡아당기시오. 발목이 달아나는 것만 같았소이다. 자다가 어찌나 놀랐는지."

"미안하게 되었네, 그보다 각하께서는?"

"주무시오만, 그런데 함께 온 이는 누구시오?"

"내 아버님이시네."

"아! 춘부장을 뵙습니다. 별채에서 잠시만 기다리시지요."

그러면서 흠차관 진수현의 경호대장 허저가 어디론가 향했다.

장안에 온 후에 수현은 지금의 저택을 구입하였다. 어차피 단기간만 있을 생각이었기에 가격은 그다지 중요하지 않았다. 그 때문에 시세보다 곱절이나 높은 금액을 지불하고 구입한 저택이었다.

배편을 알아보러 갔던 감녕과 유엽이 뜻하지 않게 대어를 낚았으니 잔뜩 고무된 흠차관이었다. 만총이 자신을 따르겠다는 것만으로도 고마운 일인데, 그와 막역한 사이인 동관 수비대장 서황까지 함께하겠다고 하는 것이 아닌가.

말 그대로 일석이조(一石二鳥), 도랑 치고 가재 잡는 격인지라 수현은 말할 수 없이 기뻐하였다.

이제 남은 것은 마등이 움직여 주기만 하면 되었다.

그러던 중 이처럼 야심한 시각에 가후와 그의 부친이 찾아온 것이다.

수현의 침소 앞에 도착한 허저가 헛기침을 몇 번 했다.

시간이 지나도 안에서 아무런 기척이 없자 크게 흠차관을 불렀다.

"각하! 각하!"

수현은 침상에서 곤하게 잠을 자고 있던 중 잠결에 들려온 소리에 게슴츠레 눈을 떴다.

"밖에 누구냐?"

"각하, 접니다."

"들어오게."

침상에서 몸을 일으킨 수현이 문을 바라보았고, 이내 허저가 안으로 들어와 두 사람이 찾아왔다는 것을 전했다.

"가후의 부친이 왔다고?"

"그렇습니다."

"두 사람 지금 어디에 있는가?"

"별채에서 기다리라고 하였습니다."

"그곳으로 가세."

수현은 간단하게 옷을 걸쳐 입고 밖으로 나갔다.

희미하게 달빛이 내려앉은 마당을 지나 동상방(東上房: 동쪽 사랑채)으로 들어서는 수현이었다.

문을 열고 안으로 들어서자 가후와 그의 부친이 공손히 인사를 했다.

가후는 부친과 간단히 인사를 나누는 것을 지켜보다 본론을 꺼냈다.

"각하, 생각지도 못한 일이 터졌습니다."

"생각지도 못한 일이라니? 그게 무슨 소린가?"

"아버님, 각하께 소상히 고하시지요."

"제가 일간에 마등을 만났는데……."

수현은 가슴이 전해주는 얘기를 들으면서 놀라지 않을 수가 없었다. 그러면서 정말로 생각지도 못한 엄청난 일이 생겼다는 가후의 말이 틀리지 않았다고 여겼다.

자신과 마운록의 혼사를 저들이 일방적으로 결정을 해버렸다는 말에 너무나 혼란스러웠다.

"각하, 어찌하실 건지요?"

"이보게, 문화(가후의 자). 혼인이란 것이 당사자의 생각은 안중에도 없고, 이렇게 일방적으로 결정이 되는 것인가?"

"여염집 같으면 절대로 있을 수 없는 일입니다. 하나, 각하께서는 천자를 대신하는 지고한 신분이십니다. 그 점을 간과하시면 아니 될 것으로 봅니다."

"각하, 자고로 사내가 능력이 출중하면 삼처사첩을 들이는 것은 흠이 아닙니다. 아니, 오히려 권장할 일이지요."

"춘부장께서는 어찌 그리 말씀을 하시오?"

수현은 21세기 대한민국에서 태어나고 자랐다. 그러기에 지금 가슴이 말하는 일부다처제를 수용하기가 껄끄러웠다.

그러나 지금은 후한 시대였고, 봉건시대다 보니 일부다처제는 일반적으로 통용되는 사고관이라고 할 수가 있었다.

"각하께서는 선황제 폐하의 법통을 계승한 공주 전하께서 인정하여 요동에 세력을 구축하신 제후이십니다."

"내가 제후라… 계속 말씀해 보시오."

"각하의 직위는 천자를 대신하는 흠차관입니다. 그러니 공, 후, 백, 자, 남의 오작보다도 높으십니다."

수현은 가습의 그런 말을 듣자 왠지 얼굴에 금칠을 하는 것만 같아 무안하였다.

그러나 가습은 막힘없이 의견을 피력해 나아갔다.

"그러니 각하께서 머무시는 곳은 응당 궁궐이 되옵고, 조상에게 제사를 지내는 곳은 종묘가 되옵니다. 또한 천신께 제사를 지낼 수 있는 특권이 있습니다. 이러한 각하이시니 후사를 든든히 하여 종묘와 사직을 보전하셔야 하는 책무가 있사옵니다. 이러한 막중한 책무인 후사를 보시려면 당연히 여러 부인을 두심이 가한 줄로 아옵니다."

미처 그런 생각을 하지 못한 수현이라 내심 놀라며 가후를 바라보았다.

그런데 가후 역시 부친의 말이 틀렸다고 생각하지 않았기에 묵묵히 자리를 지키고 있었다.

그제야 수현은 자신이 있는 이곳이 후한 시대란 것을 새삼 절감하게 되었다.

설령 후한 시대가 안정된다 하더라도 일부다처제는 그다지 흠이 아니란 것을 깨달았다. 하물며 지금은 후한 말기의 극도로 혼란스러운 시기가 아니던가?

'시절이 어려울 때일수록 사람들은 안전 자산인 금에 투자를 하지······.'

수현은 그렇게 생각하면서 지금이야말로 극도로 혼란한 시기이고, 그런 불안함 때문에 사람들이 안전적인 담보를 확보하려고 한다는 것을 알고 있었다.

'내 결혼이 마등의 입장에서는 안전 자산이겠구나!'

그러면서 자신 또한 안전적인 담보가 필요하다고 보았다. 그리고 그 담보가 곧 혼인을 통한 혈맹(血盟) 관계라는 생각에 이르게 되었다.

그러기에 굳이 마운록과의 혼인을 반대할 이유가 없다고 보았다. 그녀와의 혼인은 곧 마등과 자신 간의 이해관계가 서로 부합한 끝에 자연스럽게 도출된 결과라고 생각하면서 말했다.

"그럼 내가 어떻게 하였으면 하는가?"

"제가 일간 미오성을 시찰하겠다고 공표하겠습니다. 그때 각하께서 마등을 만나시기 바랍니다."

상서령 가후라면 그러는 것이 전혀 이상할 것 없다고 생각하는 흠차관이었다. 아직 얼굴도 본 적이 없는 마등의 딸이었지만 내심 싫지만은 않았다.

"그럼 마등이 내 장인이 된다는 것인가?"

그러자 이번에는 가후의 부친인 가습이 답을 했다.

"제가 마등 곁에 머물면서 느끼기에 그는 은근히 각하와의 혼인을 바라는 것 같았습니다. 그러지 않고서는 저를 이곳으로 보내 각하의 뜻을 알아보려는 시도를 하지 않았을 겁니다."

"알겠네, 그대들의 뜻을 받아들이겠네."

흠차관이 마등의 딸과의 혼인을 승낙하자 환하게 표정이 밝아지는 두 사람이었다.

수현은 자신이 앞으로 해야 할 일들에 있어 마등이 중요하다는 생각을 하게 되었다.

장안의 서쪽 지역인 양주(涼州)를 실질적으로 다스리고 있는 이가 정서장군 마등이었다.

그 지역을 자신이 확고하게 다스리기 위해서라도 믿을 수 있는 사람이 필요하다고 보았다.

그러니 마등의 딸과 혼인하는 것을 기회로 보는 수현이었다.

"각하, 혼인과는 별개의 일이 있습니다."

"아버님, 미오성에 제가 모르는 또 다른 일이라도 생겼는지요?"

"무슨 일입니까?"

"그곳에 부간이란 청년이 있는데……."

가습은 이곳에 오기 전 은밀하게 부간을 만났다.

그리고 넌지시 의중을 묻자, 그는 마등의 곁을 떠날 것이라고 솔직하게 말하였다. 그러자 가습은 부간에게 흠차관을 섬기도록 종용하였다.

그러자 생각을 해보겠다고 말하면서 일말의 여지를 남겨둔 부간이었다.

수현은 그런 설명을 듣자, 부간이란 자가 어떤 인물인지 너무나 궁금해졌다.

"부간이 말하기를 각하께서 혼인을 받아들이신다면, 자신은 그녀를 따라 요동으로 갈 것이라고 하였습니다. 그리고 자신과 처지가 비슷한 방덕이란 자를 호위대장으로 삼겠다고 하였습니다."

"그 말의 뜻은 만약 내가 이번 혼사를 거절이라도 한다면 없었던 이야기가 된다는 것이오?"

"부간이 그처럼 말을 하지는 않았지만 아마도 그리될 공산이 큽니다."

"각하께서 이미 혼사를 받아들이겠다고 결정을 하셨으니 천만다행입니다. 아버님께 들으니 이번 혼사를 추진한 이가 바로 부간 그자라 하옵니다. 혼인으로 든든한 동맹을 얻게 되셨고, 출중한 인물을 거두게 되셨으니 감축드립니다."

"감축드립니다."

"고맙소. 이 모두가 두 분의 큰 도움 덕분에 가능하였소이다. 내 두 분의 공은 잊지 않겠소이다. 요동에 돌아가면 두 분에게 큰 상을 내리도록 하겠습니다."

"각하, 저는 이번 일이 끝나면 예전에 살던 곳으로 돌아갈 생각입니다."

"아버님! 그게 무슨 말씀이세요! 당연히 저와 함께 요동으로 가셔야지요!"

가후는 뜻밖의 말에 놀라 부친을 바라보았다.

그러자 아들의 손을 잡아 토닥거려 주며 말하는 가습이었다.

"나는 네가 이처럼 훌륭하신 주군을 섬기게 된 것만으로도 만족스럽게 여긴다. 아비가 환갑을 넘긴 지도 여러 해가 되었다. 그러니 앞으로 살아봐야 얼마나 살겠느냐. 노구를 이끌고 멀고도 먼 요동까지 가기에는 너무 부담이 되는구나."

"그래도 아버님!"

"네 마음을 왜 내가 모르겠느냐? 그만하면 되었다."

그러자 가후는 오늘따라 부친의 얼굴에 있는 주름살이 선명하게 보였다.

이제 자신이 요동으로 떠나게 되면 언제 부친을 다시 만날 수 있을지 기약을 할 수 없다는 생각에 닭똥 같은 눈물을 뚝뚝 흘러내렸다.

수현은 자신이 있을 분위기가 아니라는 생각에 조용히 동상방을 나갔다.

희미한 달빛이 내려앉아 있는 마당으로 나와 방덕을 떠올리는 수현이었다.

'허! 방덕이라고! 그 방덕!'

수현이 볼 때 방덕은 문무를 겸비한 장수였다.

그러나 주인 마초를 잘못 만나 제대로 빛을 보지 못했다고 여겨졌다. 마초의 무위는 진(秦)나라를 무너뜨리고 서초패왕(西楚 霸王)에 오른 항우에 비견되었다. 하지만 마초의 인성은 그런 뛰어난 무위를 따르지 못했다고 보는 수현이었다.

마초의 부장으로 지내던 방덕은 병에 들어 자리에 눕게 되었다. 그런데 마초는 그런 방덕을 버려두고 유비를 섬기게 되었다.

그 후 건강을 회복한 방덕은 조조에게 투항을 해버렸고, 상장(上將)이 되어 크게 중용되었다. 그런 후 관우와의 전투 때 결사항전하였지만 전사하고 말았다.

간략하게 방덕의 일생을 떠올리던 수현의 입가에 미소가 생겨났다.

'가후만 빼돌려도 성공한 것이라고 보았는데……'

처음에는 가후만이라도 자신이 등용하게 된다면 엄청나게 성공한 것이라고 보았다. 그런데 가후뿐만이 아니었다.

뜻하지 않게 마등을 장인으로 삼게 되었다.

또한 부간과 방덕을 요동으로 데려갈 수 있는 구실도 만들었다. 그리고 만총과 서황도 자신을 섬긴다고 하니 밥을 먹지 않아도 배가 부를 지경이었다.

'이거 호박이 넝쿨째 굴러 들어오는구나……'

그런 생각에 좀처럼 입가에서 미소가 사라지지 않는 그였다.

더구나 자신에게 잠재적인 위협 요소가 될 수도 있는 마초에게 족쇄를 채워두었다는 생각에 이르렀다.

원래의 역사대로라면 마초는 유비를 섬기게 되고, 촉한의 오호대장군(五虎大將軍)이 된다. 그런데 자신이 마초의 여동생 마운록과 혼인을 하게 되었으니 그런 잠재적 위협 요소를 사전에 차단할 수 있었다고 보았다.

'그래, 내가 마초를 거두지 못해도 좋다 이거야! 설마하니 여동생을 배신하고 유비에게 가지는 않겠지!'

수현은 그런 생각을 하게 되자 이번 혼사에 더욱 적극적인 자세로 임하게 되었다.

  *   *   *

며칠 후.

장안성 서쪽 250리(里)에 있는 미오성.

한때 역적 동탁에 의해 제대로 숨조차 쉬지 못했던 미오성의 백성들이었다.

하지만 마등이 미오성에 주둔하면서 선정을 베풀기 시작하자 얼어붙었던 백성들의 마음도 서서히 풀리기 시작하였다.

그렇게 확고하게 미오성을 통치하는 마등이었다. 시간이 갈수록 백성들의 신망은 점차 두터워져 갔다. 그러던 중에 성주(城主) 마등의 딸이 혼인을 했다는 소식이 전해지게 되었다.

팡!

파팡!

팡… 파방!

흠차관 진수현과 마운록의 혼인날이 밝자, 미오성의 거리 곳곳에서 요란하게 청죽(靑竹)이 터지는 소리가 울려 퍼졌다.

백성들은 경사스러운 날에 잡귀가 들러붙는 것을 막고자 여러 곳에 모닥불을 피웠고, 청죽을 태우는 것으로 액땜을 하였다.

파방!

파팡!

하루 온종일 요란하게 청죽이 터졌고, 성내의 백성들은 오랜만에 마음껏 먹고 마시면서 즐겁게 시간을 보냈다.

얼핏 살펴보아도 혼인 비용이 엄청났는데, 이 모두가 흠차관이 비용을 지출한 것이었다.

흠차관 진수현이 일행들과 함께 미오성에 도착하여 상황을 살펴보니, 도저히 혼인을 치를 만한 여건이 구비되어 있지 않았다.

마등은 명문가 출신이 아니라, 전형적인 자수성가한 인물이었다.

가난한 집안에서 태어난 마등은 어렸을 때는 땔감을 팔아 겨우 생계를 유지했다. 속된 말로 똥구멍이 찢어지게 가난하였음에도 성정이 온후하여 함부로 남의 재물을 탐하지도 않았다.

시간이 지나 지금은 미오성의 성주까지 되었지만, 마등의 그런 성정은 변하지 않았다. 그러다 보니 명색이 장군임에도 불구하고 딸의 혼례를 성대하게 치르기에는 너무나 사정이 어려운 마등이었다.

수현은 마등이 마음만 먹으면 얼마든지 성대하게 혼례를 치를 수 있었다는 것을 알고 있었다. 그럼에도 불구하고 백성들에게 곡식 한 톨도 거두지를 않았다.

그런 마등의 모습에 감탄한 수현이 혼례 비용을 전액 지불하게 된 것이다.

아무튼 하루 온종일 요란하게 거행되었던 혼례식도 밤이 되자 사그라졌다.

역적 동탁에 의해 축조되어 화려함의 극치를 보여주는 미오성의 심처(深處).

오늘이 혼인날이라는 것을 보여주는 듯, 동탁의 처첩들이 지냈던 전각은 온통 붉은색으로 치장이 되어 있었다.

그리고 수현이 머무는 신방 또한 온통 붉은색으로 치장이 되어 있었다.

숨이 막히는 듯한 고요한 적막이 흐르는 중 수현이 자리에서 일어나 침상으로 걸어갔다.

침상에 걸터앉아 있던 신부 마운록은 붉은색 천으로 얼굴을 가렸지만, 흠차관이 걸어오는 것을 느낄 수 있었다.

쿵쾅!

쿵쾅!

제아무리 마운록이 뛰어난 무위를 지녔다 할지라도 그녀 또한 여인이었다. 더구나 첫날밤이다 보니 심장이 뛰는 소리가 귀에 들릴 정도로 엄청나게 긴장하고 있었다.

잔뜩 경직된 모습으로 침상에 걸터앉아 있던 마운록은 갑자기 얼굴을 가린 붉은색 천이 걷어지자 자신도 모르게 흠칫거렸다.

그녀가 고개를 살짝 들어보니 신랑 수현이 보였다.

수현은 그런 마운록을 보자 환하게 웃어 보였다.

마운록은 어린 시절부터 수련을 했다는 것을 보여주는 듯 또래보다도 신장이 컸다. 그리고 갸름한 얼굴을 가지고 있었다. 정성 들여 화장을 했는지 그녀의 얼굴은 수현이 감탄할 정도로 화사하고 아름다웠다.

"이걸 마시면 긴장이 풀릴 것이오."

수현이 그렇게 말하면서 징주(澄酒: 맑은술 혹은 증류주)가 담긴 잔을 그녀에게 내밀었다.

워낙에 긴장한 마운록인지라 그 잔을 받아 단숨에 들이켰다.

"켁! 켁!"

"이, 이런! 괜찮으시오?"

난생처음 술을 마신 마운록은 독한 기운을 이기지 못하고 연신 켁켁거렸다.

그러자 수현이 다급히 빈 그릇에 물을 따라 건네주었다.

"물이니 천천히 마시도록 하시오."

물그릇을 받아 몇 모금 마신 마운록은 그제야 안정이 되었다.

그러나 첫날밤에 못 보일 꼴을 보였다고 생각하자 너무나 창피하여 얼굴이 붉게 달아올랐다.

마등의 모친은 강(羌)족 여인이었고, 그 역시도 어머니의 권유로 같은 부족의 여인과 혼인을 하였다.

마운록의 모친 강씨는 딸에게 신혼 첫날밤에 주의해야 하는 것들을 각별히 교육시켰다.

그런데 마운록은 흠차관에게 부끄러운 모습을 보인 것만 같았고, 그 때문에 모친이 하였던 이야기들은 기억조차 나지 않았다.

신부 마운록은 그저 부끄러워 고개만 숙이고 있었다.

그럼에도 조금 전에 보았던 흠차관의 준수한 외모가 떠오르자 내심 싫지만은 않았다.

그런데 갑자기 실내를 밝히던 촛불이 하나둘씩 꺼지기 시작하였다.

그에 놀라서 고개를 들어보니, 신랑 수현이 실내를 돌아다니면서 불을 꺼버리는 것이었다.

마운록은 그런 흠차관을 보게 되자 그제야 어머니께 들었던 혼인 첫날밤에 관한 얘기가 떠올랐고, 자신도 모르게 눈을 질끈 감아버렸다.

어느새 마운록에게 다가가서 그녀의 혼례복을 벗겨주는 수현이었다.

한 꺼풀씩 혼례복이 벗겨지자, 은은한 달빛에 마운록의 몸매가 드러났다.

수현은 아름답게 굴곡진 그녀의 몸매가 눈에 들어오자 자신도 모르게 호흡이 가빠졌다.

이내 두 사람은 창문을 통해 들어오는 달빛이 장악한 침상으로 쓰러졌다.

흠차관 진수현은 부인을 둘이나 둔 유부남답게 능숙하지만 절대 서두르지 않았다. 마운록을 품었지만 초인적인 인내심을 발휘하여 절묘하게 강약 조절을 하였다. 시간이 흐를수록 마치 늪에 빠진 사람처럼 그녀를 서서히 잠식시켜 나아갔다.

수현의 능숙한 이끌림에 빠져 버린 마운록은 마치 꿈속을 거니는 듯했다. 술에 취한 듯 꿈에 취한 듯 몽롱하면서도 달콤한 시간이 지나갔다.

그리고 마침내 폭풍처럼 격정적인 남녀상열지사(男女相悅之詞)의 황홀함을 몸으로 체득해 버린 마운록이었다.

다음 날, 이른 아침.

수현은 장안에 도착한 이후로 몇 개월 만에 남녀관계를 가졌고, 간밤의 격렬하였던 여운이 남아 있었다. 그러니 그를 누가 업어 가도 모를 정도로 깊은 잠에 빠져 있었다.

하지만 마운록은 벌써 몸단장까지 마친 상태였고, 물끄러미 잠들어 있는 수현을 바라보았다.

그녀는 흠차관이 젊다는 말만 들었지 이토록 준수하게 생겼는지는 어젯밤에서야 알게 되었다.

언제나 먼 발치에서 훔쳐보았던 흠차관을 이처럼 가까이서 보게 되자 새삼 자신이 혼인을 했다는 것이 실감 났다.

"관옥이라고 하더니……."

마운록은 잠들어 있는 남편을 바라보며 관옥(冠玉: 남자의 아름다운 얼굴을 이르는 말)처럼 생겼다는 부친의 말을 다시 한 번 실감했다. 그런 흠차관을 바라보니 저절로 입가에 미소가 만들어졌고, 자신의 남편이라는 생각에 가만히 손을 들어 얼굴을 살며시 쓰다듬었다.

수현은 얼굴에서 느껴지는 감촉에 눈을 뜨자, 마운록이 자신을 내려다보는 것이 눈에 들어왔다.

"어머! 저 때문에 깨셨어요?"

"괜찮소. 그보다 좀 더 주무시지 않고 벌써 일어난 것이오?"

"어머니께서 혼인한 여인은 언제나 남편보다 늦게 자고, 일찍 일어나야 했다고 하셨습니다."

"그래요?"

수현이 상체를 일으키자 마운록이 침상 곁에 있는 자리끼를 집어 들었다. 그러고는 그에게 공손히 내밀었다.

그런 모습에 수현은 내심 놀랐다.

'듣기에는 사내대장부라더니, 이런 섬세한 모습을 보면 영락없이 조신한 여인이네.'

자리끼를 받아 벌컥벌컥 들이켜더니 침상에서 내려오는 그였다.

"어디 가시려고 하세요?"

"어제 얘기를 했었지만 지금 사정이 그다지 여유롭지가 않소."

"아! 제가 잠시 잊고 있었네요."

마운록은 이미 수현의 사정을 들었기에 무슨 말을 하는지 파악하였다. 하루라도 빨리 장안을 떠나 요동으로 가야만 했다. 남편의 그런 사정을 알지만 한편으로는 부모님과 이별을 해야만 하는 것에 괜스레 기분이 울적해졌다.

수현은 시무룩하게 표정이 변한 그녀를 보자 침상으로 가서 걸터앉았다.

그러면서 그녀의 곁에서 위로의 말을 해주었다.

"미안하오. 내 지금은 이렇게 떠나지만 언제고 반드시 당신과 함께 오도록 하겠소."

"감사합니다."

"아니오, 오히려 내가 미안하지."

수현은 환하게 웃어 보이면서 살며시 그녀를 품에 안아주었다.

그날 수현은 마운록의 부모에게 작별 인사를 하게 되었다.

마등과 그의 부인 강씨는 먼 길을 떠나는 딸의 손을 부여잡으면서 애써 눈물을 참아야만 하였다.

아무리 출가외인이라지만 멀고도 먼 요동으로 가면 언제 다시 만날 수 있을지 기약을 할 수가 없었다. 그러기에 눈물이 나려고 하였지만, 차마 딸 앞에서 눈물을 보일 수가 없는 것이 부모의 심정이었다.

마등은 요동으로 떠나는 딸을 위해 상당한 금액을 지참금으로 주었다.

그러나 수현이 정말로 반갑게 여기는 것은 그까짓 재물이 아니었다.

마등은 자신의 장남 마초와 관계가 좋지 않은 부간이 떠나려고 한다는 것을 알게 되었다. 그래서 부간에게 요동으로 떠나는 딸의 정착을 도와달라고 하였다.

부간은 마등의 그런 부탁을 흔쾌히 받아들였다. 그리고 아직은 두각을 드러내지 않고 있는 방덕을 그녀의 호위대장에 임명하여 요동으로 함께 가기로 하였다.

수현은 혼인을 하여 든든한 혈맹을 만든 것으로도 만족스러운데, 덤으로 부간과 방덕을 얻게 되었으니 막대한 혼사 비용을 지불한 보람이 있었다고 생각했다.

제9장
주위상(走爲上: 도망치는 것도 병법의 일부다)

후한(後漢) 초평(初平) 3년(192년) 12월.

수현이 마운록과 혼인을 하고 장안성의 동관으로 돌아온 것은 한 해의 마지막 달인 섣달 초순 무렵이었다.

수현은 자신이 요동을 비운 지가 오래되었기에 내심 걱정이 되어 한시라도 빨리 돌아갈 생각이었다.

단순하게 최대한 빨리 돌아갈 생각이었지만, 그에게 주어진 현실은 그다지 여유롭지가 않았다.

요동의 백성들은 유주목 공손도가 전쟁을 일으킬 것으로 보았다. 다만 시기상의 문제일 뿐이지 언제고 터질 것이라고 보았다. 그리고 열에 아홉은 그 시기를 돌아오는 봄으로 추측하였다.

그런 사실을 모르고 있는 수현은 단순하게 자리를 오래 비웠기에 불안하다고 여기고 있었다.

한편, 무사히 딸의 혼사를 치른 마등은 혼사가 끝나자 곧바로 흠차관과 가후의 계책을 실행에 옮겼다.

장안 서쪽 양주(涼州)의 실질적인 지배자인 정서장군 마등은 마침내 군을 움직이기로 결정을 했다.

이때 마등은 의형제를 맺었던 병주자사 한수(韓遂)와 함께 거병을 하였다.

훗날 의형제인 마등과 관계가 틀어지는 한수였지만, 이때의 그는 어느 누구보다도 마등과 막역한 사이였다.

한수는 의형제인 마등의 부탁을 받자 병주(幷州)의 병력에서 3만을 선발하여 남진하였다.

그에 마등은 미오성 일대에 주둔하고 있던 병력들 중에 3만을 동원하여 집결지인 함양으로 향했다.

함양(咸陽)!

유구한 역사를 간직한 함양은 장안에서 북서쪽 60여 리, 위수(渭水) 인근에 위치하였다. 전국시대 진(秦)의 도읍이었으며, 시황제 통치 기간의 인구가 80만이 넘었을 정도로 대도시였다.

비록 지금은 전성기 때보다도 못한 함양이었지만, 그럼에도 오랜 세월 동안 진나라의 도읍이었다는 것을 보여주듯 6만에 달하는 대규모 병력이 주둔하기에는 안성맞춤이었다.

그런 두 사람이 대규모 병력을 움직이자 당연히 곽사와 이각에게도 알려지게 되었다.

곽사와 이각은 하루가 멀다 하고 장안의 패권을 차지하기 위해 치열하게 싸우고 있었다.

그런데 마등과 한수가 군을 이끌고 장안으로 진격을 해온다는 것을 알게 되자 일시적으로 휴전에 들어갔다.

천자를 장악하고 있었던 이각은 내키지는 않았지만, 급박한 상황이라 어쩔 수 없이 조당으로 곽사를 불러들이게 되었다.

그리고 이각은 오늘날 자신과 곽사를 있게 만든 가후 또한 조회에 참석하게 하였다.

황궁의 옥좌에는 헌제(獻帝) 유협이 자리했지만, 이제 겨우 열한 살의 어린아이에 불과하였다. 헌제는 동탁의 농간에서 힘겹게 벗어났지만, 이제는 두 마리의 승냥이 같은 곽사와 이각의 눈치를 보아야만 하였다.

본래 황제가 어리면 당연히 황실의 어른이 섭정을 해야만 하였다. 그런데 선황제의 모후인 하태후는 동탁의 손에 죽임을 당했다.

그러면 헌제의 모후가 섭정을 해야만 하였다.

하지만 헌제의 모후 왕미인은 그녀를 시기한 하태후에 의해 죽임을 당했다. 그러다 보니 지금 후한의 황실에는 어린 황제를 보호하면서 섭정할 어른이 존재하지 않았다.

그러니 이각의 마수에서 벗어날 수가 없었던 어린 헌제였다.

이각은 마치 자신이 후한의 재상이라도 되는 듯 승상(丞相)의 자리에 앉아서 조회를 주관했다.

"이보게, 상서령."

"예."

가후는 자신을 호명하는 이각을 보면서 공손하게 답했다.

이미 흠차관 진수현과 함께 장안을 탈출할 만반의 계획을 세운 그였다.

그러나 모두의 관심이 마등과 한수에게 쏠리도록 만들기 위해 이처럼 태연스럽게 조회에 참석했다.

그런 사실을 모르는 이각은 언제나처럼 난관에 부딪치자 가후에게 도움을 청하기 위해 물었다.

"간악한 마등과 한수가 함부로 대군을 움직여 이곳을 넘보려고 하네. 어찌하였으면 좋겠는가?"

"거기장군(이각)과 후장군(곽사)이신 두 분께는 일당백의 정예병이 있습니다. 그러니 저들과 맞서 싸워 두 분의 존엄을 만천하에 보여야만 합니다."

가후는 이각에게 그처럼 진언을 하면서 살짝 고개를 숙여 보였다. 그런데 고개를 숙인 그의 입가에 조소가 나타났다가 순식간에 사라졌다.

원래의 역사대로라면 이때 마등과 한수는 장안으로 병력을 이끌고 온 적이 없었다.

실제로 두 사람이 곽사와 이각에게 반하여 장안을 공격한 것은 몇 년 후인 195년이었고, 이때 가후는 농성을 주장하였다.

가후의 계책으로 인해 시간을 허비한 마등과 한수였고, 군량이 부족해지자 어쩔 수 없이 퇴각하게 되었다.

하지만 지금은 원래의 역사와 정반대의 계책을 진언하는 가후였다.

그런 가후의 속셈을 알지 못하는 이각은 철석같이 그를 믿었다.

"상서령의 말이 옳다! 우리에게는 일당백의 정예 병력이 있었다. 그러니 누가 나가서 저 두 역적 놈들을 상대하겠는가!"

"제가 가겠습니다!"

황궁의 조당이 들썩일 정도로 크게 소리친 이에게로 모두의 시선이 쏠렸다.

호기롭게 나선 이는 바로 이몽(李蒙)이라는 무장이었다.

동탁이 죽자 이몽은 장안성을 지키고 있었다. 그러다 곽사와 이각의 반란이 터지자 왕방(王訪)과 함께 내통하여 성문을 열어주었다. 그 때문에 초선의 양부인 왕윤은 자결하였고, 여포는 장안을 버리고 도망칠 수밖에 없었다.

이몽의 외침이 터지자 또 다른 무장이 벌떡 일어나 소리쳤다.

"저도 출전하겠습니다!"

왕방은 그처럼 말하면서 이몽을 바라보았다.

'네놈 혼자서 공을 독차지하는 꼴을 두고 볼 수만은 없지!'

이몽 또한 경쟁자인 왕방을 노려보았고, 두 사람의 불꽃 튀는 눈싸움에 한겨울의 냉기가 장악한 조당이 후끈하게 달아오르는 것만 같았다.

"하하하, 두 분이 나서준다고 하니 참으로 믿음직스럽소이다. 내 두 분에게 각기 일만 오천의 병력을 내어주겠소. 가서 마등, 한수 두 놈의 머리를 가져오시오!"

"맡겨만 주시면 반드시 놈들의 머리를 가져 오겠습니다."

"믿어주시니 감읍하옵니다! 반드시 놈들의 머리를 가져 오겠습니다!"

두 장수가 그처럼 호기롭게 말하자 이각은 크게 웃어댔다. 그러다가 자신과 장안을 분할통치 하고 있는 곽사를 보며 말했다.

"곽 장군, 그대가 성의 남쪽 방비를 맡아주시겠소?"

"이 장군, 그대는 무엇을 할 것인가?"

"나야 응당 북쪽 지역을 방비해야 하지 않겠소."

"그럼 내가 남쪽의 방비를 맡지."

그때 누군가 벌떡 자리에서 일어났다.

모두들 그를 바라보았는데 자리에서 일어난 이는 바로 이각, 곽사와 함께 장안성의 한 축인 우장군(右將軍) 번조(樊稠)였다.

우장군 번조는 장안에 머물면서 국정을 농단한 인물이었다.

현재 장안성에는 세 개의 세력이 각축을 벌이고 있었다.

당연히 천자를 장악한 이각이 가장 강대한 세력이었다.

그리고 2인자인 곽사가 호시탐탐 이각의 자리를 차지하려고 하였다.

그리고 두 사람 사이에 끼어 이리저리 휘둘리고 있는 번조가 제삼의 세력이었다.

당연히 번조 또한 이각의 자리가 탐이 났다. 하지만 그는 곽사나 이각의 세력에는 미치지 못했고, 언제나 그런 점이 못마땅하였다.

이에 지금이 자신에게 주어진 기회라고 여기는 번조였다.

"나도 참전을 하겠소이다!"

그런 생각에 그는 황궁의 조당에서 그처럼 호기롭게 외쳤다.

번조는 동탁이 죽자 그 둘과 함께 장안을 점령하였다. 그러기에 평소 자신이나 이각, 곽사가 다를 것이 없다고 생각을 해왔었다.

그럼에도 불구하고 이각만이 자신보다 1품계가 높은, 2품의 거기장군(車騎將軍)이 되었다. 그것이 도저히 용납되지 않았던 번조였다.

물론 이각이 자신이나 곽사보다도 품계가 높은 것은 천자를 장악했기 때문이라고 보았다.

그러기에 이번 기회를 이용하여 장안에서 확실하게 입지를 다질 심산인 그였다.

그런 속셈을 알 리가 없는 이각은 당연히 기뻐했다.

"오! 번 장군이 나서준다면 더욱 믿음이 갑니다. 번 장군께서 상장군이 되어 군을 지휘하면 되시겠소이다."

"고맙소이다. 내 휘하에 있는 병력 이만을 동원하겠소이다."

"오! 그거 듣던 중 반가운 말입니다!"

번조가 2만의 병력을 동원하겠다고 조당에서 공표를 하였다.

이제 마등과 한수를 상대하는 병력의 규모도 상당해졌다. 번조가 동원하기로 되어 있는 2만의 병력과 이몽, 왕방이 각기 일만 오천의 병력을 동원하게 되었으니 순식간에 총병력이 5만으로 증가하였다.

'저자가 나서는 것은 미처 예상을 못 했는데…….'

상서령 가후는 생각지도 못한 번조가 나서자 맹렬히 머리를 굴렸다.

비록 예상 못 한 변수가 나타나기는 했지만, 이런 난관 앞에 좌절할 가후일 리가 없었다.

'그래, 이번 기회에 번조, 저놈을 처리할 수만 있었다면…….'

그러면서 가후는 번조를 처리하는 것은 모사재인(謀事在人), 성사재천(成事在天)으로 여겼다.

자신이 일을 꾀하고 도모하는 것이지만, 일이 성사되는 것은 오로지 하늘의 뜻에 달렸다고 생각했다.

'운이 좋으면 번조 네놈의 수명이 여기서 끝나지는 않을 것이다!'

그동안 자신이 저 세 명 사이에서 중재하느라고 얼마나 마음고생이 심했던가. 그는 이번 기회에 세 명 중 하나를 처리하기로 결심을 하더니 입을 열었다.

"번조 장군이 참전하는 것은 불가합니다!"

갑자기 가후가 반대를 하고 나서자 모두의 시선이 그에게로 쏠렸다.

가후가 그처럼 말하자 모두들 조심스러웠다.

무서울 것이 없다는 그들 이각, 곽사, 번조 삼인방이었다.

하지만 가후만큼은 결코 무시할 수 없는 존재였다.

그러기에 조심스럽게 의견을 묻는 이각이었다.

"상서령은 왜 번 장군이 참전을 하면 안 된다고 말하는 것인가?"

"두 가지 이유 때문입니다. 첫째로 번 장군은 현재 장안성 방비의 한 축을 담당하는 중요한 분이십니다. 만약 번 장군이 참전을 하게 된다면 수비 병력이 부족하게 됩니다."

"두 번째 이유는 뭔가?"

그러자 가후는 자신의 맞은편에 있는 번조를 바라보았다.

가후는 저들 삼인방 중에서 그나마 과단성과 용기, 사람을 끌어모으는 능력이 뛰어난 이가 번조라고 보았다. 하지만 귀가 얇아 남들이 하는 말을 너무나 쉽게 믿는 경향이 있다고 판단하였다.

"번 장군이 무용이 뛰어난 장수임에는 분명합니다. 하나, 한 가지 치명적인 결점이 있습니다."

"이보시오, 상서령! 내게 결점이 있다니! 그게 무슨 말이요!"

"번 장군, 진정하시고 우선은 상서령의 말부터 들어나 봅시다."

"크흠!"

"상서령, 계속 말해보시오."

"이번에 반란을 일으킨 자들이 마등과 한수라는 것은 다들 아실 겁니다. 한데, 한수가 여기 있는 번 장군과는 동향입니다. 그 때문에 참전이 불가하다고 말하는 것입니다."

그런 말에 번조가 눈알을 부라리면서 가후를 노려보았다.

얼마나 화가 났는지 상대방이 가후라는 사실을 잠시 망각해 버렸고, 옆구리에 차고 있던 자신의 검에 손을 가져가며 소리쳤다.

"내가 아무리 한수 그자와 동향이라 하여도 공사를 구분할 줄은 안다! 설마 내가 한수를 죽이지 못할 것이라고 보는 것인가!"

"번 장군, 참으시오! 상서령이 그런 뜻으로 하는 말이 아니지 않소!"

"뭐가 아니라는 것이오!"

이각이 말려보았지만 화가 머리끝까지 치솟은 번조에게는 아무런 소용이 없었다.

그러면서 번조는 가후를 죽일 듯이 노려보았다.

그의 살벌한 눈빛을 그대로 받은 가후였지만 전혀 위축되지 않았다. 아니, 오히려 그가 흥분하기를 기다렸다는 듯이 함정을 파버렸다.

"그렇다면 군령장을 쓰시지요. 번 장군이 모두가 지켜보는 여기서 군령장을 쓴다면 내 장군의 출전을 막지 않겠소이다."

가후의 말에 모두가 소스라치게 놀라고 말았다.

군령장(軍令狀)!

말 그대로 군령의 내용을 기록으로 남겨 시행하는 문서다. 일종의 각서인 군령장을 쓴다는 것은 반드시 그것에 따르겠다는 뜻이기도 하였다.

그러니 만약 번조가 출전하여 한수를 놓아주기라도 한다면 그는 군령을 어긴 죄를 용서받을 수가 없었다. 그러기에 군령장은 함부로 쓰는 것이 아니었다.

그런데 가후는 군령장을 작성하라는 요구를 번조에게 해버린 것이다.

이각 또한 군령장이 무언지 아는지라 황급히 나섰다.

"어허, 상서령. 번 장군에게 군령장을 쓰라는 것은 너무 지나치지 않은가."

번조는 가후의 갑작스러운 요구에 너무나 당황스러워 굳은 표정을 내보였다.

반면에 가후는 그런 번조를 보면서 속으로 조소를 보내는 중이었다.

'남의 말에 잘 넘어간다는 것은 그만큼 타인의 시선을 의식했다는 것이다. 그런 네놈이 과연 이 자리에서 그냥 물러날 수 있을까……'

가후의 예상대로 지금의 번조는 빼도 박도 못하는 함정에

제대로 걸려버린 것이다.

번조는 자신의 출전을 취소하자니 너무나 많은 사람들이 지켜보는 조당이란 것이 마음에 걸렸다. 그렇다고 가후의 요구대로 따르자니 자신의 목숨이 위태로웠다.

전장의 상황이 변화무쌍하다는 것을 잘 아는 번조였다. 그러기에 자신이 전장에서 겪을 일을 어떻게 장담할 수 있겠나 싶었다.

당연히 머리에서는 군령장을 무시하라고 하였다. 하지만 알량한 무장의 자존심에 그만 입에서 나온 말은 전혀 다른 소리였다.

"쓰겠소이다! 그깟 군령장이 뭐 대수라고!"

'젠장! 내가 미쳤지!'

자신도 모르게 그런 말을 내뱉은 번조였다. 하지만 한번 뱉은 말을 어떻게 되돌릴 수 있겠는가.

"이보시오! 번 장군!"

"막지 마시오!"

기호지세(騎虎之勢)라고 생각한 번조였다.

그는 이각의 만류에도 불구하고, 사관(史官)이 있는 곳으로 성큼성큼 걸어가더니 버럭 소리쳤다.

"비키거라!"

조당에서 행해지는 언행들을 기록으로 남기던 사관이 그의 호통에 소스라치게 놀라 황급히 서탁에서 물러났다.

그러자 번조는 자리에 주저앉더니 빠르게 군령장을 작성했다.

'아! 내가 귀신에게 홀린 것이다. 그러지 않고서야…….'

작성한 군령장을 바라보며 한숨이 나오려는 그였다. 하지만 이대로 물러나면 자신의 앞날은 없다는 생각에 마지못해 수결을 해버렸다.

그러고는 그것을 이각에게 가지고 가서 내밀었다.

"받으시오, 내 돌아와서 이것을 돌려받겠소이다."

"허, 군이 이러지 않아도 되는데."

이각은 그렇게 말은 하였지만 내심 마음속으로 기쁘기만 하였다.

그동안 번조가 껄끄러웠는데, 스스로 군령장을 작성한 것이 아닌가. 그러니 이런 일을 꾸민 가후를 업고 춤이라도 추고 싶은 심정이었다.

"상서령! 군령장을 작성하였으니 출전을 허락하겠는가!"

"가능합니다."

가후의 짧은 답을 듣게 되자, 번조는 죽일 듯이 그를 노려보며 입술을 질끈 깨물었다.

'두고 보자! 네놈을 언제고 반드시 요절을 내버리마!'

번조는 가후를 노려보면서 자신이 알고 있는 모든 형벌을 동원해 반드시 죽여 버리겠다고 다짐을 했다.

하지만 가후는 마치 그런 번조는 안중에도 없다는 듯이 입을 열었다.

"번 장군이 출전하게 되었으니 성내의 수비 병력이 부족하게 되었습니다."

"지금 당장 부족한 병력을 어떻게 충원한다는 것인가. 상서령, 혹여 좋은 방안이라도 있는가?"

"임시방편이지만 방도가 없는 것은 아닙니다."

"말해보게!"

"동관은 장안성의 동쪽에 있는 관문입니다. 적들이 현재 장안성의 북쪽인 위수 너머에 있는 함양에 주둔하고 있습니다. 그러니 동관은 그나마 안전한 후방 지역이 됩니다."

"오! 그렇군!"

"그러니 동관에 주둔하고 있는 병력들 중에 최소 인원을 제외한 나머지를 수비 병력으로 불러들이시지요."

"그리하면 되겠군. 현재 동관의 수비대장이 누군가?"

"제 휘하에 있는 서황이란 자입니다."

장안성 북문의 수비대장인 양봉이 그처럼 말했다.

이각은 이런 모든 것이 동관에서 수비 병력을 빼내려고 하는 가후와 수현의 계책이란 것을 알 리가 없었다.

그러기에 그는 아무런 의심도 하지 않았고, 순순히 가후의 계책에 따랐다.

"동관에 서황 그자와 반드시 필요한 최소 인원만을 남겨두고 나머지는 성으로 집결하라고 전하게."

"예, 그리하겠습니다."

"그럼 저는 동관으로 가서 만약의 사태에 대비하겠습니다."

"상서령, 자네가 왜 동관으로 가겠다는 것인가?"

"병력 이동이 끝나면 동관의 수비 병력은 소수만 남게 됩니다. 혹시라도 모를 만약의 사태에 대비하려면 제가 그곳에서 상황을 지켜보아야만 합니다."

"그렇군, 알겠네. 그렇게 하게."

'되었다. 이제 자연스럽게 탈출하면 되는구나.'

가후는 이미 이곳에 오기 전에 수현과 함께 장안을 탈출할 계획을 세웠다. 그리고 지금 동관으로 가겠다고 말한 것은 장안을 탈출하기 위한 계획의 일환이었다.

*　　　*　　　*

그날 오후.

조회에서 결정이 나자 가장 먼저 동관의 수비 병력들이 장안성으로 이동했다.

동관은 장안성의 동쪽을 방비하는 중요한 관문이었기에 평시에는 삼천 명 정도의 수비 병력이 상주하는 곳이다.

그러나 이번에는 마등과 한수가 장안성의 북쪽에 있는 함양으로 집결을 하고 있었기에 동관은 안전한 후방 지역에 속했다.

그러기에 이각은 동관의 수비 병력 대부분을 장안성으로 이동하게 하였고, 고작 백여 명만을 남겨두었다. 그리고 가후의 계책에 따라 그를 동관으로 보내 만일의 사태에 대비토록 하였다.

하지만 이 모든 것이 흠차관과 가후의 계책이라는 것을 꿈에도 모르고 있었다.

그렇게 너무나 자연스럽게 동관의 수비대장인 서황과 합류하게 된 가후였다.

가후는 흠차관의 세 번째 부인 마운록에게 남장을 해달라는 부탁을 하였다.

그런 부탁에 마운록이 남장을 하였는데, 그 미모가 뛰어난지라 마치 준수하게 생긴 어린 무사로 보였을 정도였다. 그리고 흠차관을 비롯한 나머지 일행들을 자신의 수하인 것처럼 꾸며 동관으로 들어갔다.

그렇게 모두들 무사히 동관에 들어서게 되었지만, 아직은 장안을 완전히 벗어난 것은 아니었다.

상서령(尙書令) 가후는 서황이 머무는 관사에서 은밀하게 탈출 계획을 다시 점검했다.

이때 자리에 참석한 사람들의 면면을 살펴보면 다음과 같았다.

먼저 흠차관 진수현을 필두로 해서 그의 세 번째 부인 마운록이 함께 있었다.

또한 상서령 가후, 서황, 만총, 부간, 방덕이 새롭게 합류한 인물들이었다.

그리고 수현을 보좌하면서 장안까지 함께 왔었던 유엽, 조운, 태사자, 장합, 허저, 감녕이 자리에 참석했다.

이름만 들어도 절로 고개를 끄덕일 정도로 대단한 사람들이었고, 훗날 역사의 한 장을 장식할 이들이었다. 그런 뛰어난 인물들이 흠차관을 구심점으로 하여 모여 있었다.

모두 열세 명이 좁은 서황의 집무실에 모이다 보니 몸을 움직일 여유 공간조차 없을 정도였다. 그럼에도 어느 누구도 불만을 드러내지 않았다. 그들에게 가장 중요한 것은 하루라도 빨리 이곳을 무사히 빠져나가는 것이기 때문에 가능한 일이었다.

벽면에 붙어 있는 장안 일대의 지도를 손으로 가리키면서 설명하는 가후였다.

"다행스럽게도 모두들 무사히 합류하게 되었습니다. 하나, 아직은 안심할 수가 없습니다. 이제부터는 이곳 동관을 무사히 탈출하는 계책을 실행에 옮길 때라고 여겨집니다."

"그럼 배를 구하는 것이 가장 중요한 일이겠군."

"그렇습니다, 각하."

그러자 수현은 맞은편에 있는 감녕을 바라보며 입을 열었다.

"홍패(감녕의 자)."

"예, 각하."

"자네가 배를 구하기로 하였으니 자세히 설명을 해보게."

"예."

수현을 섬기면서도 염상(鹽商) 일을 병행해 왔었던 감녕이었다. 그러기에 수시로 배를 이용하였고, 그 덕분에 배에 관한 일이라면 어느 누구보다도 세세히 알고 있었다.

그는 지도를 보면서 설명을 시작했다.

"하늘이 도우셨는지 예전에 저와 면식이 있었던 선주에게 배를 구입할 수 있었습니다. 지금 포구에 정박 중이고, 언제든 출항을 할 수 있게 만반의 준비를 끝낸 상태입니다."

그러자 자리에 참석한 모두의 표정이 환하게 밝아진다.

수현은 살짝 고개를 끄덕거리며 말했다.

"배편은 그리하면 된 것 같고, 이번 기회에 계획을 수정하겠다. 당초의 계획은 홍농까지 가서 육로를 이용해 북해까지 가는 것이었다. 하지만 요동을 떠나온 지가 너무 오래되었기에 시간을 단축할 수 있는 배편으로 북해까지 가겠다."

"각하, 배를 이용해서 북해까지 가려면 도중에 흑산적들이 장악한 수로를 지나야만 합니다. 자칫 위험한 일을 겪을 수도 있습니다."

유엽은 현재 흠차관을 호위할 병력이 없다는 불안감 때문에 그처럼 말했다. 만에 하나라도 흑산적 놈들이 다른 마음을 품을 수도 있었고, 그런 일이 발생한다면 흠차관의 신변 안전을 장담할 수가 없었다.

유엽이 걱정스러운 표정으로 그처럼 말하자, 모두의 표정이 굳어져 갔다.

그런 중에 감녕이 조심스럽게 말하기 시작했다.

"각하께서 그런 결정을 하셨다면, 당연히 저희들이 따르는 것이 도리일 것입니다. 하나, 한 가지 우려스러운 것이 있습니다."

"그게 뭔가?"

"날씨입니다. 천만다행으로 아직 위수가 얼어붙지는 않았지만, 언제 강이 얼어붙을지 모릅니다. 이런 상황에서 북해까지 간다는 것은 불가능한 일입니다."

'아! 가장 기본적이면서도, 중요한 것을 잊고 있었구나……'

감녕의 그런 설명에 수현은 내심 자신이 실수를 했다고 생각했다.

지금이 한 해의 마지막 달인 만큼 언제 위수가 얼어붙을지 모른다. 만약 자신이 고집을 피워 북해까지 가다가 도중에 강이 얼어버리면 낭패일 수밖에 없었다.

날씨가 여정에서 가장 기본적인 것임에도 불구하고, 수현은 자꾸만 초조해지는 마음 때문에 그런 기본적인 것조차 잊고 있었다.

'왜 이리도 마음이 불안한지는 모르겠지만, 급할수록 돌아가자!'

그런 생각을 하게 되자, 흠차관 진수현은 선선히 자신의 잘못을 인정하는 말을 했다.

"요동을 너무 오래 비워두어 내가 그만 실수를 하였네. 당초의 계획대로 홍농까지만 배를 이용한다."

"각하, 요동에도 뛰어난 사람들이 있으니 걱정하지 않으셔도 될 것입니다. 별일이야 있겠습니까?"

"그러겠지. 자! 다시 계획을 점검해 보도록 하지."

그러면서 수현은 지도에 시선을 고정했다.

그런데 이번에 새로이 합류한 이들은 흠차관의 그런 모습이 신선한 충격으로 각인되었다.

그들 또한 흠차관에게 있어 유엽이나 감녕이 각별하다는 것은 알고 있었다.

하지만 아무리 흠차관과 각별하다고 하여도, 두 사람의 지적에 수현은 순순히 자신의 실수를 인정했다.

그런 모습은 기존에 흠차관을 따르는 이들에게는 익숙한 상황이었다. 하지만 반대로 이번에 합류한 이들은 감히 상상조차 못한 일이었다.

후한 시대는 엄격한 계급사회였다.

더구나 천자를 대신한다는 흠차관의 특수성을 감안한다면, 군신(君臣) 관계로 보아야만 하였다. 그러기에 신하가 아무리 옳은 일을 진언하여도, 군주가 그것을 받아들이지 않는다면 아무것도 이루어지지가 않았다.

그런 것은 진(秦)나라를 무너뜨리고 한(漢)나라를 건국한 유방의 일화에서 쉽게 찾아볼 수 있었다.

항우는 당시 천하의 패권을 거의 차지한 이였다.

그럼에도 그의 참모 범증은 수시로 유방을 죽여야만 한다고 진언을 하였다. 하지만 유방을 너무나 가소롭게 보아왔던 항우의 반대에 부딪쳐 끝내 이루지를 못하였다.

결국에 최후의 승자는 유방이었다. 후세에는 그런 어리석은 항우를 두고 비웃는 자들이 생겨날 정도였다.

이렇듯 항우와 그의 책사인 범증의 관계에서 볼 수 있듯이, 신하가 아무리 계책을 진언하여도 군주가 받아들이지 않으면 아무짝에도 쓸모가 없는 것이다.

그만큼 군주의 위엄은 대단한 것이다.

그런데 흠차관이 흔쾌히 자신의 잘못을 인정하는 것을 보게 된 그들이 받은 충격은 실로 대단한 것임에는 분명하였다. 그러면서 그들은 자신들이 선택한 길이 옳았다는 확신을 가지게 되었다.

제10장
동상이몽(同床異夢)

며칠 후, 함양(咸陽).

장안에서 그리 멀지 않은 미오성에 주둔한 마등이었다. 그러기에 함양에 먼저 도착하여 한수가 오기만을 기다렸다.

그러던 중에 마침내 기다렸던 병주자사(幷州刺史) 한수가 삼만의 대군을 이끌고 함양에 도착했다.

마등은 자신의 막사로 들어서는 한수를 반갑게 맞이했다.

"이 사람아! 이게 얼마만인가!"

"하하하, 그동안 잘 지냈는가?"

"나야 늘 그렇지."

마등과 한수는 나이를 떠나 의형제를 맺었고, 서로 동등한 관계에서 우의를 다지고 있었다.

오랜만에 만난 한수와 이런저런 얘기를 나누고 싶은 마등이었다. 하지만 지금은 그럴 여유가 없다는 것을 잘 알고 있었다.

"초야, 인사 올리거라."

마등의 말에 마초가 앞으로 나서며 한수에게 인사를 했다.

"백부님, 그동안 강녕하셨는지요?"

"이게 누군가? 설마 그 코흘리개 꼬맹이 마초인가!"

"하하하, 그 코흘리개 놈이 이렇게 장성하였다네."

"세상에! 전혀 몰라보겠구나."

마초가 한수를 만난 것은 그의 나이 열세 살 무렵이었다.

중평(中平) 4년(187년)에 양주자사(凉州刺史) 경비(耿鄙)의 폭정을 견디지 못한 이민족들이 반란을 일으켰다.

이때 한수는 십만에 달하는 반란군의 수장이었다. 그는 농서를 공격하여 그곳의 태수를 죽였고, 파죽지세로 여러 현(縣)을 점령하였다.

그에 양주자사 경비(耿鄙)가 그를 토벌하려고 했었다. 그러나 포악한 경비를 그의 수하들이 배신하여 죽여 버리게 되었다.

당시 경비의 부장에 지나지 않았던 마등은 한수에게 가담하게 되었고, 그 인연이 오늘날까지 이어지고 있었다.

한수는 조카 마초를 몇 년 만에 보았는데, 이토록 몰라보게 성장할 줄은 미처 예상하지 못했다.

"수성(마등의 자), 참으로 부러우이. 자네의 아들이 어느새 이렇게 성장하였으니 든든하겠어!"

"허허, 아직 여러모로 부족하다네."

어느 부모가 자식을 칭찬하는 것에 기쁘지 않겠는가?

마등 또한 같은 심정이었기에 입가에 환하게 웃음꽃이 피어났다.

그렇게 짧은 만남을 뒤로하고 그들은 본격적으로 장안성 공략을 의논하기 시작했다.

한수는 지도를 물끄러미 바라보았다. 그러다 위수(渭水)만 도강하면 곧바로 장안성이라는 것을 나타내 주는 지도에서 시선을 거두면서 물었다.

"장안성의 수비가 만만치 않을 것인데, 어떻게 할 것인가?"

"자네도 알다시피 내가 곽사와 이각에게 대항하는 이유는 부족한 군량을 지원받으려는 일종의 무력시위일세."

"자네가 보내온 서신을 읽기는 하였는데 그게 빈말이 아니었군. 그렇게 심각하다는 것인가?"

"몇 번이나 식량이 부족하다고 보고를 하였음에도 전혀 지원해 줄 기미가 없었네. 그러니 부득이하게 이런 강수를 두게 되었다네. 이유야 어찌 되었던 자네를 이용하게 되어 미안스럽네."

"아니네, 어차피 딱히 공격하지도 않고 이곳에서 무력시위만 한다면 나또한 저 둘에게서 식량을 원조받을 수 있지 않겠는가? 그러니 나야 손해 보는 장사는 아니지."

"그리 말해주니 고맙네."

그런데 무언가 이상했다.

두 사람은 의형제였고, 당연히 이런 중요한 일은 서로가 숨기는 것이 없어야만 했다.

그러나 마등은 의형제인 한수에게 홈차관에 관한 것을 철저하게 숨겼다.

아무리 한수가 자신과 의형제라지만 마등은 그를 믿지 못했다.

욕심이 많은 한수였고, 반역이 있었던 당시에는 살아남기 위해서 마지못해 그에게 가담한 마등이었다.

그래서 마등은 한수에게 홈차관에 관한 것을 숨겼고, 오로지 식량이 부족하여 이번 일을 꾸미게 되었다고 알려주었다. 그런 내막은 이미 자신의 아들과 조카들에게도 언질을 주었기에 다들 아무런 말없이 묵묵히 자리를 지켰다.

그때 하급 군관 하나가 막사 안으로 다급하게 들어왔다.

"장군! 장안성에서 연통이 왔습니다!"

"장안성에서? 이보게, 장안성에 세작을 심어두었는가?"

"내부 사정을 파악하기 위함이었네."

마등에게 장안성의 내부 사정을 알려주는 세작은 당연히 가후였다.

가후는 조당에서 결정된 것을 마등이 보낸 첩자들에게 세세히 알려주었다.

첩자들은 전서구를 통해 이처럼 수시로 보고를 하였고, 그 덕분에 마등은 장안성의 내부 사정을 함양에 있으면서도 속속들이 알 수 있었다.

그런 내막을 알 리가 없는 한수였다. 그는 내심 마등의 이런 면모에 적잖이 놀라고, 감탄하며 지켜보았다.

"그래, 무어라 전해왔더냐?"

"적들이 위수 건너에 진을 칠 것이라고 전해왔습니다. 적들의 총사령은 우장군 번조이옵고, 그를 보좌하는 부장은 이몽과 왕방이라 하옵니다!"

"우장군 번조가 총사령이라… 가만! 그자는 한수 자네와 동향이 아닌가?"

"맞네. 의외로 일이 쉽게 풀리겠어."

한수는 총사령 번조가 자신과 동향이라 일이 쉽게 해결되어 식량을 원조받을 수 있을 것으로 보았다.

그러나 마등은 이번 전투의 목적이 사위인 흠차관과 자신의 딸이 무사히 장안을 떠나는 것이었다.

이때의 마등은 몰랐지만, 훗날 이런 사실이 한수에게 전해지게 되었다. 이에 그토록 돈독하였던 둘의 관계는 한순간에 견원지간(犬猿之間)으로 돌변하게 되었다.

마등과 한수는 오월동주(吳越同舟), 동상이몽(同床異夢)의 관계였다.

마음속으로는 한수를 껄끄럽게 여겼지만, 그런 내색을 전혀 하지 않는 마등이었다.

마등은 마치 한수와는 아무런 일도 없었다는 듯이 무표정한 모습으로 그 하급 군관에게 되물었다.

"적들의 규모는 얼마나 되더냐?"

"총사령 번조의 병력은 이만이고, 이몽과 왕방이 부장으로 참전하였다고 합니다. 그자들은 각기 일만 오천의 병력을 동원하였다 하옵니다!"

"그럼 모두 오만의 병력이구나. 알았으니 그만 물러가라."

보고를 마친 하급 군관이 절도 있게 군례를 올리고 막사를 나갔다.

그러자 다급히 묻는 한수였다.

"이보게, 수성(마등의 자). 이제 어찌하실 참인가?"

"무력시위를 하려면 당연히 저들에게 우리의 요구 조건을 전해야겠지."

"어떻게 말인가? 전령을 번조에게 보낼 것인가? 자칫하면 전
령은 되돌아올 수 없을 것이네."

"자네는 두고 보면 자연히 알게 될 것이네."

너무나 의미심장하게 말하는 마등이었다.

그런 마등을 보게 되자 내심 적잖이 놀라는 한수였다.

자수성가하여 어렵게 지금의 위치에 오른 마등이었다. 그러
다 보니 제대로 학문을 익히지 못했고, 그것이 언제나 열등감
으로 자리 잡고 있었다.

몇 년 전에 마등을 보았을 때 그렇게 느꼈었던 한수였다.
그런데 지금은 전혀 다른 사람으로 변해 있었다. 한수는 마등
이 이렇게까지 머리를 쓸 줄은 몰랐다고 생각하였다.

그러기에 지금의 마등이 마치 전혀 다른 사람인 것처럼 느
껴졌다.

한수가 만약 이렇게 변한 마등의 실체를 알게 된다면 소스
라치게 놀랄 것이다. 마등이 흠차관과 가후의 계책에 따라 움
직이고 있는 분신이나 다름이 없었다는 사실을 그는 전혀 모
르고 있었다.

마등은 그렇게 결정이 나자 막사를 나갔고, 한수 또한 그를
따라 밖으로 나갔다.

그리고 다음 날, 마침내 장안성을 나온 번조의 군이 위수

강변에 진채를 세웠다.

강변에 나온 마등과 한수는 건너편에서 분주하게 움직이는 번조의 진영을 바라보았다.

오만에 달하는 토벌군들이 일사불란하게 진채를 꾸리는 것을 보니 저들이 정예병이라는 것이 한눈에 느껴질 정도였다.

"이보게, 전령을 보낼 것인가?"

곁에 있던 한수가 그처럼 물었다. 그는 당연히 요구 조건을 전하려면 그럴 것이라고 예상하였다.

그런데 마등의 입에서는 전혀 뜻밖의 말이 나왔다.

"저들에게 전령을 보내고 싶어도 누가 사지로 가겠는가? 가면 죽을 것이네."

"그런다고 전령을 보내지 않을 것인가? 그럼 저들에게 우리의 요구 조건을 어떻게 전할 것인가?"

"지켜보면 알게 되네."

"백부님, 아버님께서 생각해 두신 것이 있습니다."

"그래?"

"초야, 가서 병사들에게 연을 조립하라고 하여라."

"예! 아버님!"

"연이라니?"

한수의 물음이 있었지만, 답을 하지 않고 입가에 의미심장한 미소를 만들어내는 마등이었다.

흠차관은 마등에게 대형 연을 띄워 요구 조건을 제시하라는 지시를 내린 상태였다. 잠시 후 흠차관 진수현이 알려준 대로 마등의 병사들은 능숙하게 연을 조립하기 시작했다.

어느덧 대형 연은 준비가 되었고, 수십의 병사들이 줄을 붙잡은 대형 연이 위수 상공에 떠올랐다.

하늘 높이 치솟은 대형 사각연의 꼬리에는 무명으로 만든 천이 연결되어 있었다. 그리고 그 천에는 '식량을 제공해 주면 물러가겠다'라는 문구가 적혀 있었다.

그런 사실을 파악하게 되자 우장군 번조는 참으로 난감했다.

공격을 하자니 강을 건너야만 하는데 그렇게 되면 엄청난 피해를 감수해야만 하였다. 그런다고 이대로 있을 수만은 없었기에 그런 사실을 이각에게 전했다.

휘이잉!

휘잉!

후한의 도읍을 관리, 감독하는 사례교위부에 속하는 홍농군(弘農郡) 화음현(華陰縣).

도교의 성지인 화산(華山)이 위치한 화음현이었다. 이곳은 한겨울의 매서운 바람이 휘몰아치는 날씨에도 아랑곳하지 않고 많은 향객들로 붐볐다.

그리고 그런 향객을 상대하려는 많은 상인들이 장시(場市)

를 북적이게 만들었다.

웅성거리며 거리를 오가는 많은 사람들이 보였고, 그런 번화가에 2층으로 지어진 객잔이 위치해 있었다. 그리고 그 객잔 2층 창가에 자리를 잡고 있는 두 명의 사내가 보였다.

지난 며칠 동안 그 두 사내는 매일 이곳에 출입을 하였다. 그들은 매번 같은 자리에 앉았고, 간간히 몇 마디 주고받는 것을 제외하고는 언제나 밖을 내다보는 것으로 시간을 소비하였다.

어느덧 오늘도 해가 저물어가자 준수하게 생긴 젊은 청년이 맞은편에 있는 사내에게 말했다.

"아무래도 오늘도 틀린 것 같습니다."

"그런 것 같네."

"자의(태사자의 자) 공, 그만 일어나시지요."

"그러세."

태사자에게 그처럼 말한 젊은 청년은 바로 장합이었다.

그런데 동관에 있어야 하는 두 사람이 이곳 화음현에는 무슨 일로 왔을까?

화음현은 동관과는 지근거리에 있었고, 두 사람은 흠차관의 밀명을 받아 이곳에서 무언가를 기다리고 있는 중이었다.

태사자, 장합 두 사람은 오늘도 뜻한 바를 이루지 못했다고 생각하며 자리에서 일어섰다.

바로 그때였다.

"우와! 연이다!"

"세상에! 연을 얼마나 크게 만들었기에 여기서도 보이지?"

장시 거리에서 갑자기 그런 소리가 들려왔다. 거리에 있던 많은 사람들은 하늘 높이 떠 있는 대형 연을 보면서 웅성거리기 시작했다.

그에 태사자와 장합은 누가 먼저라고 할 것도 없이 동시에 자리에 앉더니 창밖을 내다보았다.

"저거다!"

"어서 가시지요!"

"가세!"

연을 발견한 두 사람은 마침내 자신들이 원하는 것을 보았는지 황급히 밑으로 내려갔다.

연에 쓰여 있는 글귀 따위는 중요하지 않았다. 오직 마등이 연을 띄운 것이 중요한 신호였다.

두 사람은 그동안 머물렀던 객실로 들어갔고, 동관을 떠나면서 가져왔었던 전서구를 이용하여 연이 띄워졌다는 내용을 흠차관에게 전했다. 그러고는 준비해 두었던 말을 타고 동관으로 빠르게 내달렸다.

*　　　　*　　　　*

한편, 흠차관 진수현은 동관에 머물면서 소식이 오기만을 기다리고 있었다.

그는 이제나저제나 목이 빠져라 화음현으로 갔던 두 사람이 소식을 전해오기만을 기다렸다.

동관 인근에 있는 야산에 오르면 연이 떠오른 것을 볼 수도 있었지만, 병사들의 눈을 피하려면 어쩔 수 없이 화음현까지 가서 상황을 지켜보아야만 했다.

그러던 중에 마침내 화음현에서 두 사람이 보낸 전서구가 도착하였다. 기다렸던 신호가 나타났다는 보고 내용이었다.

그러자 흠차관은 곧바로 동관을 탈출할 계획을 실행하라는 지시를 내렸다.

다음 날.

그의 지시를 받은 가후는 해가 저물어가자 백여 명 남짓한 수비 병력 모두를 한자리에 모이도록 했다.

커다란 창고 안에서 모여 있는 병사들을 향해 소리치는 가후였다.

"너희들도 알다시피 지금은 전시 상황이다. 하나, 이곳은 안전한 후방이다. 그동안 경계 태세를 유지한다고 피곤한 너희들을 위로하기 위해 술과 고기를 준비하였다. 그러니 마음껏 먹고 즐기도록 하여라."

"감사합니다!"

상서령 가후의 그런 말에 병사들은 창고가 떠나갈 정도로 우렁차게 답했다. 그러더니 마치 걸신이 들린 사람들처럼 준비되어 있는 술과 고기를 먹어치우기 시작했다.

병사들은 가후의 말을 의심 없이 받아들였다.

그의 말처럼 이곳은 장안성과 떨어져 있는 후방 지역이었다. 그랬기에 다들 흥겹게 술과 고기를 먹으면서 시간을 보냈다.

밤새 이어졌던 술판은 서서히 동이 틀 무렵이 되어서야 잠잠해졌고, 대부분의 병사들은 술에 취해 곯아떨어진 상태였다.

그러자 가후와 동관의 수비대장 서황은 은밀하게 관문을 빠져나와 포구로 향했다.

두 사람이 빠르게 말을 몰아 포구에 도착하자, 기다리고 있었던 흠차관과 그의 일행들이 반갑게 맞이했다.

그리고 그들은 배를 이용해 무사히 포구를 떠나게 되었다.

시간이 흘러, 흠차관이 포구를 떠난 그날 오후.

서황을 감시하라는 지시를 받은 무관 최용(崔勇).

그는 동관에 머물면서 서황을 꾸준하게 감시해 왔다. 하지만 서황은 이미 자신을 감시하는 최용의 존재를 알고 있었다. 그런 사실을 알면서도 서황은 전혀 내색하지 않았고, 오히려 평소와 다름없이 지내면서 감시자 최용을 속였다.

자신이 서황의 기만술에 당했다는 것도 모르고 있는 한심한 최용이었다. 갑작스러운 상서령 가후의 등장에 놀라기는 했었지만, 설마 두 사람이 한패일 것으로는 전혀 예상을 못 하고 있었다. 설령 최용이 가후를 의심했다고 하여도, 상서령 가후를 감시한다는 것은 말처럼 쉬운 일이 아니었다.

최용 그는 고작 말단 하급 군관이었지만, 감시의 대상인 가후는 실세였기 때문에 가까이 갈 수도 없는 존재였다. 그러다 보니 최용은 동관의 수비대장인 서황과 상서령 가후 두 사람의 밀월 관계를 전혀 파악하지 못하고 있었다.

그리고 어젯밤에 상서령 가후는 병사들을 위문한다고 푸짐하게 술과 고기를 베풀었다.

서황을 감시해야만 하는 최용이었지만, 그도 사람인지라 식탐이 생길 수밖에 없었다. 더구나 동관에는 가후라는 실세가 있으니, 서황이라 하여도 함부로 움직이지는 못할 것이라고 예상하였다.

너무나도 안일하게 그처럼 생각하였고, 병사들과 어울려 술과 고기를 마음껏 마시면서 만취한 최용이었다. 그리고 잠에서 깨어난 최용은 머리가 깨질 것처럼 지끈거려 왔다.

"아하… 머리야……."

지난밤에 싸구려 곡주(穀酒)를 만취할 정도로 마셨으니 당연한 일이었다.

간신히 잠에서 깨기는 했지만 제대로 몸을 가누기도 힘들어하는 최용이었다.

주변을 둘러보니 어젯밤에 자신과 함께 술을 마셨던 놈들은 여전히 아무렇게나 널브러져 곯아떨어진 상태였다.

그는 타는 듯한 갈증이 느껴지자 힘겹게 몸을 움직여 밖으로 나갔다. 비틀거리면서 우물가로 가서는 차디찬 물을 벌컥벌컥 들이부었다.

그렇게 간신히 갈증을 달래던 최용은 문득 이상하다는 생각이 들었다.

"왜 아무도 없지……."

겨우 정신을 차린 최용이 주변을 둘러보았지만, 어떻게 된 일인지 경계를 서야 하는 병사들이 단 한 명도 보이지가 않았다.

"서, 설마! 이 자식들이 전부 곯아떨어진 거야!"

최용은 섬뜩한 기분이 들었다.

아무리 술과 고기를 오랜만에 먹었다지만 그래도 관문을 지키는 병사들은 있을 것이라고 생각을 했다. 그런데 막상 눈앞에 닥친 현실은 전혀 그러지가 못했다.

만약 이런 상황에 반란군이라도 쳐들어왔다면 관문이 뚫렸을 것이라는 생각에 이르자 두려움이 밀려왔다.

그는 황급히 주변을 돌아다니면서 잠에 취한 병사들을 깨웠다. 병사들은 간신히 잠에서 깨어났지만 여전히 비몽사몽이었다. 그렇게 곳곳을 돌아다니며 병사들을 깨웠는데, 문뜩 또다시 이상하다는 생각이 들었다.

"왜 이리 허전하지……."

마치 뒷간을 갔다가 정리하는 것을 잊고 나온 것처럼 찜찜한 기분이었다.

그러다가 갑자기 무언가 뇌리를 강타했다.

"아! 서황!"

매일 자신이 감시하였던 인물이 보이지가 않았다.

최용은 갑자기 불길한 생각이 들었다. 주변을 아무리 둘러보아도 서황은 보이지가 않았다.

"없다!"

과묵하고, 원칙을 중시하는 서황이다.

그런 그가 병사들의 이런 태만을 그냥 두고만 보았을 리가 없다는 생각이 불현듯이 머리를 스치고 지나갔다.

『삼국지 더 비기닝』 6권에 계속…

초대형 24시 만화방

신간 100%, 샤워실, 흡연실, 수면실(침대석), 커플석, 세탁기 완비

■ 시흥 정왕25시점 ■

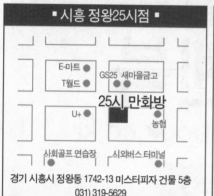

경기 시흥시 정왕동 1742-13 미스터피자 건물 5층
031) 319-5629

■ 강북 노원역점 ■

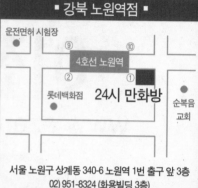

서울 노원구 상계동 340-6 노원역 1번 출구 앞 3층
02) 951-8324 (화용빌딩 3층)

■ 일산 정발산역점 ■

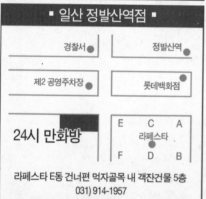

라페스타 E동 건너편 먹자골목 내 객잔건물 5층
031) 914-1957

■ 일산 화정역점 ■

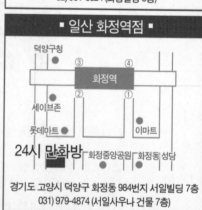

경기도 고양시 덕양구 화정동 984번지 서일빌딩 7층
031) 979-4874 (서일사우나 건물 7층)

■ 부천 역곡역점 ■

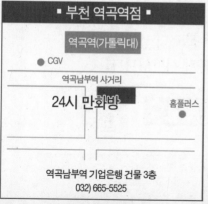

역곡남부역 기업은행 건물 3층
032) 665-5525

■ 부평역점 ■

(구) 진선미 예식장 뒤 한신포차 건물 10층
032) 522-2871

탑 레시피가 보여!

FUSION FANTASTIC STORY

레오퍼드 장편소설

잔혹한 음모에 휘말려 모든 걸 잃은
칼질의 고수, 요리사 강호검.
그의 앞에 두 가지 기적이 벌어졌으니!

"내 손… 하나도 안 떨잖아……"

인생의 전성기로 되돌아온 그와
그의 앞에 나타난 기물(奇物), 요리사의 돌!

"네가 최고의 요리사가 되는 것이
이 아버지의 꿈이란다."

돌아가신 아버지와 자신의 꿈을 좇아
그가, 세계 최고의 자리로 향하기 시작한다.

Book Publishing CHUNGEORAM

임영기 장편소설

FUSION FANTASTIC STORY

갓오브솔저

'종의 영역'과 '신의 질서'가 파괴되고
지구에는 무영역과 무질서의 시대가 도래했다!

8년 동안 무림에 '절대신군(絶代神君)'으로 군림한 이강도.
어느 날, 자신이 살던 현 세계로 다시 되돌아오게 되고
'졸구십팔(주9.18)'이라는 이름을 부여받게 되는데……

신이 죽은 세계를 장악하려는 마계(魔界)와 요계(妖界),
그리고 이를 저지하려는 정계(正界)의 치열한 사투!

과연 이 전쟁은 끝이 날 수 있을 것인가.

Book Publishing CHUNGEORAM

유행이 아닌 자유추구 -
WWW.chungeoram.com

FUSION FANTASTIC STORY
자미소 장편소설

GRAND SLAM
그랜드슬램

2016년의 대미를 장식할 최고의 스포츠 소설!!

Career record : 984W 26L
Career titles : 95
Highest ranking : No.1(387weeks)
Grand Slam Singles results : 23W
Paralympic medal record : Singles Gold(2012, 2016)

약 십 년여를 세계 최고로 군림한 천재 테니스 선수.
경기 내내 그의 몸을 지탱하고 있는 것은…… 휠체어였다.

『그랜드슬램』

휠체어 테니스계의 신, 이영석(32).
그는 정상의 자리에서도 끝없는 갈망에 사로잡혀 있었다.

"걷고 싶다, 뛰고 싶다. …날고 싶다!!"

**뛸 수 없던 천재 테니스 선수
그에게, 날개가 달렸다!!!**

Book Publishing CHUNGEORAM

유행이 아닌 자유추구 -
WWW. chungeoram.com